講談社

吉川凪／訳

チョン・ミョンソプ

記憶書店

殺人者を待つ空間

기억서점

目次

記憶書店

殺人者を待つ空間

装丁　大原由衣
装画　六角堂ＤＡＤＡ

1　記憶の始まり

　彼は自らを〈ハンター〉と呼ぶことにした。狩りを成功裡《せいこうり》に行うには、自分を徹底的に客観視する必要があるからだ。以前、失敗したのはそれがちゃんとできていなかったせいだと考えながら、彼は車のフロントガラスに映る街灯を見た。降りしきる雨で、視界が十分確保できるほど明るくはないので安心した。ふと人の気配を感じてバックミラーを見るとゆるい坂道に懐中電灯の光が現れ、やがて三人の女が何かささやきながら通り過ぎていった。両側の女は〈女性安心帰宅サービス〉【二〇一三年にソウルで始まった、平日夜遅く帰宅する女性を自治体職員などが家までエスコートするサービス】と書かれた青いベストを着ており、そのうちの一人が懐中電灯を持っていた。真ん中には白いブラウスを着てキャップをかぶった女、すなわちターゲットが歩いている。懐中電灯の光が少し遠ざかると、彼はドアを開けて車を降りた。軍手をはめ帽子を目深《まぶか》にかぶってゆっくり歩く。坂道の片側は崖《がけ》で、もう片側は盛り土で地面が高く造成されていた。人通りの少ない公園裏の抜け道だから防犯カメラがなく、ドライブレコーダーを搭載した車もなかったけれど、それでも用心して帽子のひさしを下げた。ゆるい坂を越えると公園の裏門があって、ヴィラ【低層の小規模集合住宅】が立ち並んでいるのが見えた。地下鉄の駅を出て大通りからここまで来るにはかなり時間がかかる。公園を横切れば距離を短縮できるけれど、不良少年のたまり場のようになっているので夜中に女性一人で歩くのは危険だ。そのためバスに乗り、近くの停留所で降りて坂道を越える方が好まれたけれど、道が狭く街灯も少ないので〈女性安心帰宅サービス〉がよく利用される。彼はそこに目をつけた。〈女性安心帰宅サービス〉を利用するなら、迎えに来る人がいない独《ひと》り暮《ぐ》らしに違いない。彼は坂道を越えると、懐中電灯の光が遠ざかったのを確認して横の路地に入った。以前は狩りの前に路地を歩いて下調べする必要があったけれど、今はインターネットのストリートビューでいくらでも確認できる。どれも似たり寄ったりのヴィラの前を歩いて路地を通り過ぎた。食べ物ゴミの袋の周りをうろつく野良猫が、彼の足音を聞いて闇《やみ》の中にさっと隠れた。角に立って待っていると、懐中電灯の光と共に三人の女のシルエットが見えた。ターゲットを目で確認した彼は、首を傾《かし》げ、低い声でつぶやいた。

「ハンター、狩りの時間だ」

「では、目をつぶっていただけますか」

メイクさんに言われるまま、ユ・ミョンウ教授は目を閉じた。鉛筆のようなものですっすっと眉《まゆ》がなぞられ、ピンで前髪を上げた額に白粉《おしろい》のようなものが塗られた。常日頃は顎《あご》ひげを手入れするだけで化粧水すら塗りたがらないユ教授にとって、他人の手が顔に触れるのは好ましくなかったけれど、テレビに出演する時は仕方ない。考え事をしていた時、終わりましたという声が聞こえた。目を開けると、濃い化粧を施された顔が鏡に映った。やや面長で肌はわりにきれいだ。濃い眉毛と少し飛び出た頬骨《ほおぼね》が強い印象を与える。口角は上がり気味で、唇《くちびる》の端《はし》にある傷痕《きずあと》は化粧できれいに隠されていた。眉は形良く描かれ、頬骨は影が出ないようにカバーされている。ユ教授は大きな溜息《ためいき》をつき、髪をとかしているメイクさんに目で笑いかけた。

「不細工な顔を、ずいぶん美男子にしてくれましたね」

「とんでもない。もともと美男子ですよ」

にっこりするメイクさんに、ユ教授は笑顔を返した。見ていた別のメイクさんが口を挟んだ。

「先生、ほんとにお若いわ。五十代半《なか》ばなのに、三十代にしか見えませんよ」

「気だけは若いんでね」

そんなふうに談笑していると、パーマ頭のフロアディレクターがメイク室のドアをそっと開けて顔を覗《のぞ》かせた。

「放送三十分前です。メイクが終わったら移動します」

それを聞いたメイクさんの手が速くなった。髪にスプレーをかけたのを最後に、ユ教授は青いネクタイを直して車椅子《くるまいす》を後ろに引いた。それでなくとも狭いメイク室は後方にソファがあっていっそう狭いのに、ユ教授は慣れた手つきで車椅子を操作して向きを変えた。ソファに座っていた女性出演者が目を丸くすると、ユ教授が微笑《ほほえ》んだ。

「こう見えて、私はベストドライバーでしてね」

フロアディレクターが開けてくれたドアから出て廊下を進む。特注の軽い車椅子だから、後に従うフロアディレクターが早足になるほどスピードが出た。〈本・本・本、テレビと一緒に〉という番組タイトルが掲げられている十七番スタジオの前に来た。銀行の金庫のように分厚いドアが開くと長いトンネルのような通路がある。通路の上の蛍光灯が切れているのか、真っ暗だ。それを見たユ教授は昔のことを思い出して一瞬、たじろいだ。そのはずみに、後ろにいたフロアディレクターが車椅子の車輪を蹴《け》ってしまった。驚いたフロアディレクターが謝るのを聞いて我に返ったユ教授は、痛みに顔をしかめている彼に詫《わ》びると、闇に包まれた通路に入った。きっぱりと顔を上げて。

スタジオは暗く、そして明るかった。テレビの画面に映るセットは明るい照明で一点の闇もないが、カメラのある空間は真っ暗だ。多くのスタッフが黙々と自分の仕事をしていた。今日は生放送だからか、いっそう緊張感が漂《ただよ》っているが、ユ教授はあまり緊張もせず車椅子を動かし、片隅《かたすみ》に臨設されたスロープを上がってセットに入った。床はコードをテープで固定したりビニールで覆《おお》ったりして、車輪が引っ掛からないようにしてある。半円形のテーブルでは他のコメンテーターたちが、各自の名前が貼《は》られた椅子に座っていた。ユ教授はすぐに自分の席を見つけた。車椅子が入れるよう椅子をどけてある所だ。彼が席に着くと、先に来て待っていたニュースキャスター出身の男性ＭＣと女性ＭＣが挨拶《あいさつ》をした。軽く会釈《えしゃく》したユ教授はピンマイクを持ってきたフロアディレクターに言った。

「クッションを持ってきてくれませんか。車椅子がちょっと低いんでね」

フロアディレクターはピンマイクをテーブルに置いて、カメラのある方に向かった。ユ教授がピンマイクをシャツの襟に留めコードを伸ばして送信機をズボンの後ろのポケットに入れている間に、フロアディレクターがクッションを持ってきた。それを敷いて座ると他の出演者たちと目の高さが同じになった。フロアディレクターはカメラの間にある大きなモニターの所に行き、ヘッドセットを通じて副調整室にいるチーフディレクターの指示を聞いた。そしてコメンテーターの座る位置を手で示して少し調整させた。ユ教授はテーブルに置かれた台本に目を通した。カメラの間にあるモニターの下にプロンプターがあるけれど、紙で読む方が好きなのだ。MCたちは言葉を交わしながら台本を読んでいた。他のコメンテーターはひどく緊張していたり、ぼうっとした顔で周りを見回していたりした。他のスタッフが来てマイクをテストし、指でOKサインを作った。カメラの調整が終わると、フロアディレクターが緊張した表情で片手を上げた。

「始めます」

二人のMCは姿勢を正して目の前にあるカメラを見つめた。フロアディレクターが叫んだ。

「キュー！」

二人はほとんど同時にお辞儀をし、順番に挨拶した。そして女性MCがユ教授の方に顔を向けた。

「では、本日ご出演の方々をご紹介致します。まず、シミン大学教授で文学博士、そして古書収集家として名高いユ・ミョンウ教授です。テレビやユーチューブを通して興味深い本を紹介していらっしゃいます」

紹介されたユ教授は頭を下げて挨拶した。

「こんにちは。ユ・ミョンウです」

ＭＣが他のコメンテーターを紹介している間に、ユ教授は頭の中でこれから話す内容を整理していた。放送作家が準備した台本には、もう目を向けない。普段もざっと見るだけで、読み上げたり暗記したりすることはなかった。メインの放送作家やチーフディレクターは、カメラの前でこんなにリラックスしているコメンテーターは見たことがないと舌を巻いていた。だが今日は少し複雑な気持ちだ。緊張しているのではなく、ずっと準備してきたことが計画どおり進むかが心配なのだ。ユ教授は、忘れられない名前をつぶやいた。

（ユリ）

ターゲットはハンターの予想どおり、〈女性安心帰宅サービス〉のベストを着た二人の女性を路地の中ほどで帰した。家の近くに来て安心したのだろう。申し訳なくもあっただろうし、敢《あ》えて家を知られたくないという気持ちもあったかもしれない。二人が家の前までついて行った場合に備えて、まとめて片付ける方法も考えてはあったが、ターゲットだけを狙《ねら》える状況になってハンターは喜びを隠せなかった。後は狩りをするだけだ。路地には防犯カメラがないし駐車場も半地下だから、車にドライブレコーダーがあったとしても彼の顔は映らない。それでも念のためマスクをつけていた彼は、自信たっぷりにターゲットのいる方に向かった。女がヴィラの玄関に近づくのを遠くから眺《なが》めていたハンターは、ポケットからスマホを出して操作した。女は暗証番号を押そうとした手を止め、ハンドバッグの中を探った。しばらくすると、「どちらさまですか」という声が聞こえた。彼は喉《のど》の調子を整えた。

「イ・イェジさんですか」

「はい。どちらさまでしょう」

「警察です。今、家にいらっしゃいますか」

「いえ、これから家に入ろうとしていたところです」

「ドアを開けないでそのまま待ってて下さい」

「どうしてですか」

「イ・イェジさんのお宅に何者かが侵入したという通報がありました」

息を呑《の》む音が聞こえた。

「本当ですか」

「はい。泰成《テソン》ヴィラ一二七号室で間違いありませんね?」

「そうです。誰が侵入したんですか」

「さっき通報があったばかりでして。サイレンを鳴らしたら犯人に気づかれるので、徒歩でそちらに向かっています」

「今、どの辺にいらっしゃいますか」

「路地に来ました。もう少しで着きます」

相手に気づかれないよう、話し終えるとすぐに電話を切って泰成ヴィラに近づいた。幸いターゲットは中に入らず、ヴィラの玄関前で待っている。家の中に侵入者がいると聞けば中に入らないだろうという予測は当たった。足音を聞いた女が振り向いた。おそらく彼女の目には、制服の警官が近づいてくるように見えただろう。インターネットで買えば足がつく恐れがあるので、わざわざ東廟《トンミョ》市場で古着を漁《あさ》って警官の制服と装備一式を調《ととの》えた。白いキャップを目深にかぶったターゲットは、彼が近づくとほっとした表情になった。

「イ・イェジさんですか」

女がうなずいた。ハンターは、入り口の防犯カメラに映らない場所に歩いていった。女がついてきた。

「ずいぶん早いんですね」

「パトロール中に連絡を受けて直行しました」

「ありがとうございます。でも、お一人ですか」

「路地の入り口に止めたパトカーの中で、他の者が待機しています。とにかく私と一緒に来て下さい」

ハンターは左手で路地の方を示した。そして女がそちらに目を向けている間に、右手で後ろポケットのスタンガンを出した。

「はい」

歩き出した女が、ふとハンターの目を見た。帽子と暗闇に隠れていたハンターの鋭い眼光を感じたのだろう。本能的に危険を察して一歩後ろに下がった。ハンターがスタンガンをスパークさせた。バチバチという音と共に、女は悲鳴すら上げられずに倒れた。


他の出演者たちが楽しそうに話している間も、ユ教授はカメラが自分を映すたび微笑んだ。ようやく順番が回ってきて、男性ＭＣがユ教授を見た。

「先生、今日はどんな古書を紹介して下さいますか」

ユ教授は再び微笑しながらモニターを見た。前もってフロアディレクターに渡しておいた写真が映っている。

「この本です」

「見るからに古そうですけど、どういう本ですか」

画面が再び古書の写真に戻った。黄ばんだ表紙に縦書きの漢字があった。

「私の蔵書のうち、最も貴重なものです」

ユ教授が言うと女性ＭＣが尋《たず》ねた。

「古書収集の第一人者として知られている先生が最も貴重だとおっしゃるなんて、気になりますね。どういう本ですか？」

「漢字が薄くなってよく見えないでしょう？　ここに〈諺簡牘《オンガンドク》〉と書いてあります。その下には辛酉年謄書《しんゆうねんとうしょ》と記されています」

「諺簡録《オンガンロク》かと思ったのですが、諺簡牘なんですね。辛酉年とはいつのことでしょうか」

「一九二一年です。〈謄書〉は書き写したという意味です」

「では写本ですね」

「そうです」

ユ教授は持ってきた本をカメラに向けた。モニターに『諺簡牘』が大きく映し出された。

「『諺簡牘』は朝鮮後期に書かれた本で、ハングルでの手紙の書き方を記したものです。朝鮮後期には両班《ヤンバン》階級の女性や庶民がハングルを使ったから、そういった人たちを対象にした本だと見ていいでしょう。確認されているのは十九世紀後半ですが、それ以前からさまざまなバージョンが作られ、売られていたと思われます」

ユ教授が説明を終えると、男性ＭＣが尋ねた。

「今で言えば作文の教科書といったところでしょうね。値段はおいくらですか」

「作られた時代や版によって違いますが、いくら高くても百万ウォン以上にはなりません」

意外な安さに、MCたちはもちろん、他のコメンテーターたちも笑いをこらえられなかった。すると『諺簡牘』の最初のページを開いたユ教授が女性MCに聞いた。

「ここに漢字が書いてあるのが見えますね？　何だと思いますか」

もちろん台本には正解が出ているが、女性MCはわからないという顔をした。

「何なんですか」

「九九です。ここに二と二が順番に記されていて、その下に四と書いてあるのが見えるでしょう？」

「わあ、本当ですね。漢字で書いた九九なんて珍しいですね」

「原本にないことまで落書きされている筆写本は、いっそう安くなります。五十万ウォンかそこいらでしょう」

すると聞いていた男性MCとコメンテーターたちが、また大笑いした。貴重な古書を紹介してくれと言ったのに安い本を持ってきたのか、という嘲《あざけ》りが混じっている。だがユ教授は落ち着いて話を続けた。

「私がこの本を購入したのは、これにまつわる物語のためです。この本は忠清北道《チュンチョンプクト》沃川《オクチョン》で生涯を終えた趙《チョ》カンナンというお婆《ばあ》さんの物でした。貧しい家に生まれたカンナンさんは学校に行かせてもらえなかったので夜学に通いました。でもお父さんは、娘が知らない男たちに交じって本を読むのを見て腹を立て、夜学に通うのを禁じたそうです」

「まあ。せっかく勉強しようとしたのに」

女性MCが残念そうな顔で言葉を挟むと、ユ教授が答えた。

「そういう時代だったんです。だからカンナンさんは夜学が開かれている家の舎廊《サラン》【伝統家屋に設けられた主人の書斎。応接室としても使われる】の外で、独りで勉強したそうです。中から聞こえてくる先生の声に耳を傾けながら」

他の出演者たちも残念そうな溜息をついた。

「この『諺簡牘』は、そんなカンナンさんを哀《あわ》れに思った夜学の先生がくれたのでしょうね。そしてカンナンさんは家の外で、中から聞こえてくる先生の声を聞きながらこの本を一ページずつめくったはずです」

ユ教授はそこで言葉を切り、『諺簡牘』のページをゆっくりとめくった。

「上の隅《すみ》っこは、色がちょっと違うでしょう？　おそらく親指をなめながらページをめくったのだと思います。変色するほど何度もめくったことがわかります。寒い冬には手に息を吹きかけ、暑い夏には汗を流しながら、一枚ずつめくったことでしょう。女性が学ぶことが禁止されていた時代でしたからね」

全員が黙って彼の話に聞き入っていた。ユ教授は本を置き、じっとカメラを見つめた。そして込み上げる感情を抑えるような顔で口を開いた。

「女性だというだけで勉強ができなかった時代がどういうものであったのか、私は想像もできません。そんな時代に生まれたというだけでカンナンさんは、それほどまでにしたかった勉強が思うようにできなかったのです。だけど諦《あきら》めずに一生懸命学びました。そうした理由で私はこの本を、私の蔵書の中で最も貴重な本だと考えています。暗く陰鬱《いんうつ》だった時代と、それに打ち勝つために何とかして学ぼうとした人の執念がこもっているからです」

「まあ、可哀想《かわいそう》なお話ですね」

女性MCの言葉に、他のコメンテーターたちもそれぞれ短い言葉で共感を示した。彼らの話が終わると、男性MCが待ち構えていたように言った。

「つまり先生は、古書が持つ金銭的価値よりも、その本にまつわるストーリーに重きを置いてらっしゃるのですね」

「それが私を感動させるからです。もう一つ、別の本を紹介しましょう」

「どんな本なのか、楽しみです」

男性MCが話している間にユ教授はフロアディレクターを見た。フロアディレクターが合図をすると、一台のカメラがスタジオの片隅に向けられた。二台のテーブルがくっつけて置かれている所に、ユ教授の蔵書が並べられている。画面を通じてそれを見たMCとコメンテーターたちが感嘆の表情を浮かべた。女性MCがユ教授を見て言った。

「並べた本の表紙が、全体で一枚の絵になっていますね」

「そうです。一九二五年に広文堂から出た『紅娘子伝《ホンナンジャ》』というハングル小説で、全十二巻です。一巻から四巻、五巻から八巻、九巻から十二巻まで順番どおりに置けば紅娘子の顔が完成するようになっています」

「そんなふうに表紙を構成するアイデアを出すなんて、私たちのご先祖様も大したものですねえ」

「どうやれば次の巻が売れるだろうかと思って考えたのでしょう。おそらく内容がつまらなくても絵を完成させるために買った人がいたはずです。私のような人でしょうね」

ユ教授のウイットに、一同は思わず笑った。カメラはテーブルに置かれた『紅娘子伝』と笑っているコメンテーターたちの顔を交互に映した。笑いが収まるのを待って、ユ教授が話を続けた。

「一九二〇年代は三・一運動【一九一九年三月一日から約三ヵ月間にわたって朝鮮各地で発生した抗日運動。民衆が太極旗を振りながら「独立万歳《ばんざい》」を叫んでデモ行進をした】が武力で鎮圧され、多数の死傷者を出して幕を下ろしたというつらい記憶が残っていた時代です。独立運動をする人たちは満州《まんしゅう》や上海《シャンハイ》に移り、残った人々も息を殺して暮らさなければなりませんでした。日本が文化統治という美名のもとに少し規制をゆるめる代わり、いっそう巧妙なやり方で抑圧したからです。『紅娘子伝』はそんなふうに息をすることすら難しかった時代に人々を慰《なぐさ》めてくれた本であると言えます」

「慰めとなったとは、どういう内容だったんでしょうか」

男性ＭＣの質問に、ユ教授は画面を見つめたまま言った。

「善良で意志の強い紅娘子が丙子《へいし》の乱【一六三六年から翌年にかけて清《しん》が朝鮮を侵略した戦争】で生き別れになった両親を捜す話で、義理堅い下男スドルと謎《なぞ》の剣客黒手《フクス》が紅娘子と共に清に渡ります。黒手は、実は幼《おさな》い頃に親同士が決めたいいなずけだったのですが、仁祖反正《インジョバンジョン》【一六二三年に朝鮮王朝で起こったクーデター】で家が没落したために疎遠になりました。黒手は正体を隠したまま、自分のいいなずけだった紅娘子を助けたのです」

「黒手はイケメンですか」

つまらなそうな顔で聞いていた、赤いキャップをかぶった若い男性コメンテーターが口を挟むと、スタジオは笑いの渦に包まれた。笑いが収まると、ユ教授がうなずいた。

「小説には黒手の容姿に関する説明がありますが、顔は白玉《はくぎょく》のようで眉は毛虫のように濃く、朝鮮全土でこれほどの美男子を捜すことは難しいと描写されています。清に行った紅娘子が捕まって処刑されそうになった時、黒手は色じかけで彼女を助けるんですよ」

「色じかけ？」

男性MCが興味深そうな表情で問い返すと、ユ教授が説明した。

「清の初代皇帝ヌルハチの孫娘である王女が自分にぞっこんなのを利用して紅娘子とその両親を救出し、朝鮮に脱出したのです。黒手は王女が送り込んだ刺客ザカリと最後の決闘をした時に重傷を負いますが、紅娘子がくれたかんざしをナイフのように投げて危機を逃れます」

「まるで小説みたい。ああ、小説だった」

赤いキャップの男がまた口を挟み、しょげた顔をした。再び笑いの起こったスタジオで、ユ教授が説明を続ける。

「ここでスドルと黒手は独立運動家、清に拉致《らち》された両親は奪われた祖国を意味していると考えられます」

「そういうふうに解釈されたのですね」

「おそらく日本の検閲を避けて、できるだけしっぽをつかまれないようにしたのだと思われます。しかし日本がそれに気づいて破棄命令を出し、相当数の本が押収されてしまいました」

「その本はどうやって生き延びたんでしょう?」

「洪川《ホンチョン》で三・一運動に参加して投獄された方が持っていたのです。拷問で身体《からだ》を悪くして寝つくことが多かったけれど、この本を読んで退屈さと怒りを紛《まぎ》らわせていたそうです。おそらく『紅娘子伝』の結末を見て喜んでいたのではないでしょうか」

「最後はどうなるんですか」

女性MCの質問に、ユ教授は微笑を浮かべた。

「両親と再会した紅娘子が故郷に錦《にしき》を飾るというものです。彼女の両親を裏切って清の手先になった下男の呉《オ》とその息子は、紅娘子から話を聞いた王の命令で処刑されます」

「痛快な結末ですね」

「おそらく日本に追われて満州に亡命していた独立運動家たちが帰国する姿を想像したのだろうと思います。こんな本には値段のつけようがありません」

「なるほど。私は先生が希少で高価な古書をたくさん持っていらっしゃるから、何億ウォンもする本を紹介して下さると思っていたのですが、別の意味で値段をつけられない本だということですね。他の出演者の方々が唖然《あぜん》としていらっしゃいますが、朴《パク》さん、いかがですか」

カメラの画面が切り替わった途端、ぼんやりと何か考えていたらしい小説家の朴が、スイッチが入ったように話し始めたので、ユ教授はひと息ついた。収録は終わりに近づいている。ついに爆弾宣言をする時が来た。

ハンターは意識を失って倒れた女をトラックに引きずってきた。夜中の十二時頃、そこに人通りがないことは何度も現場に来て確かめていたし、今度も誰とも出くわさなかった。結束バンドで手足を縛った上から粘着テープをきつく巻き、テープの最後の一切れで口を塞《ふさ》いだ。以前、鼻まで塞いで獲物が窒息死してしまったことを思い出して鼻を塞がないよう気をつけた。ハンターは獲物のスマホを持って運転席に向かった。警官の制服を脱ぎ、ありふれたベストを着た。そして獲物のスマホの電源を切って金槌《かなづち》で壊した後、橋を通る時にちょっと車を停めて川に投げ捨てた。さっき使った、他人名義で不法に入手したスマホも電源を切って同じように投げ捨てた。狩りがうまくいったので自然と鼻歌が出た。防犯カメラのない道や暗い路地をぐるぐる回って家に戻ったハンターは、トラックをバックで駐車してエンジンを切り、鼻歌を歌いながら荷台のドアを開けた。獲物はまだ意識を失ったまま伸びていた。だらりとした女を肩にかつぎ、階段で半地下に下りた。練炭倉庫を住居にリフォームした部屋は、彼が時間をかけて自分だけの空間に改造していた。窓はレンガで塞ぎ、ドアは外から施錠できるようにしてある。悲鳴を上げても声が漏れないよう防音もした。ドアを開ければ、そこは獲物を保管するための倉庫だ。といっても壁際にテーブルがあるのを除けば、床に固定された椅子が真ん中に一つあるだけだが。そこにぐったりした獲物を座らせ、鎖で椅子に連結されている手錠を手足にかけた。そして、だらんとした顔を持ち上げて口に貼ったテープを剝《は》がした。ようやく意識を取り戻した女が小さな呻《うめ》き声を上げた。彼はゆっくり背を向けてドアに向かい、ドア横のスイッチを入れた。一つは照明を真っ赤な色に変えるスイッチ、もう一つは真上から水を落とす装置のスイッチだ。冷たい水が落ちると女が悲鳴を上げた。ハンターはゆっくりドアを閉めて外に出た。隣の部屋は彼が寝起きする空間だ。生活にいっさい興味を持たない彼は、あまり所帯道具を持っていない。服は汚れればそのまま捨てる。寝床はベッド代わりに使うマットレスだけだ。マットレスに横たわって一休みしたハンターは、全身に興奮を感じた。

「完璧《かんぺき》だ。完璧だったぜ」

握りしめた拳《こぶし》を宙に突き上げて喜んだ彼は、むっくり起き上がった。あることを思い出したのだ。喜びを満喫しながらシャワーを浴びたいところだが、後にしなければならない。部屋の片隅にある机の上に置いたテレビをつけると、見慣れた顔が現れた。ハンターはその前にしゃがんで画面を凝視した。あいつを観察するのは面白い。あいつは有名になるために手段と方法を選ばなかった。テレビに出て、馬鹿《ばか》にされても笑い、討論番組で無視されても平然としていた。だから、人気がある反面、アンチも少なくない。大学教授なのにテレビ出演ばかりに熱を上げているというのが、その理由だ。ひいては、教授になれたのも家族の悲劇的な事故で同情を買ったおかげだ、実力はまったく不足していると非難され、テレビ出演を通じて認知度を高めるのも、大学をクビにならないための手段だとうわさされていた。ハンターはそんなユ教授を観察するのが楽しみの一つだ。自分に殺されかけて助かった男が、ピエロのようにぶざまな生き方をしているのを見るのが面白い。

　小説家の朴が唾《つば》を飛ばしながら話を終えると、女性ＭＣが微笑みながらありがとうございましたと言い、ユ教授を見た。

「先生は今日、爆弾宣言をすると予告されていましたが、どんな宣言ですか」

　カメラが向きを変え画面に自分の顔がクローズアップされると、ユ教授はにっこりした。

「俗世を離れようと思います」

「出家なさるのですか？　先生はキリスト教だと聞いていますが」

男性ＭＣがすぐに反応した。ユ教授は心の中で、神様など十五年前に捨てたとつぶやいた。しかし本心は隠したまま軽く笑って言った。

「昨日、大学に辞表を提出しました。出演しているテレビとラジオの番組は今月いっぱいで辞める予定です。テレビに出るのは今日が最後になるでしょう」

チーフディレクターと放送作家だけが知っていたことなので、皆はショックを受けた顔だった。女性ＭＣがすぐに尋ねた。

「それで俗世を離れるという表現を使われたのですね。大学まで辞めるなんて。こんなに人気があるのに出演をやめる特別な理由があるんですか」

「ずっと、この業界は自分の居場所ではないような気がしていました。もちろん私に好意を持ってチャンスを下さった方々には感謝していますが、やればやるほど内面の苦痛と葛藤《かっとう》が大きくなってきました。それで長い間悩んだあげく決心したのです」

女性ＭＣが残念そうな表情を浮かべると、男性ＭＣがすぐに口を挟んだ。

「引退するには早すぎませんか」

「正直、ちょっと疲れました。皆さんは信じないでしょうが、私は人見知りなんでね」

コメンテーターの数名がくすくす笑ったが、画面には映らなかった。ユ教授はちょっと笑って二人のＭＣの顔を見た。

「楽しいし、珍しいこともたくさんあるけれど、もう自分の場所に戻る時が来たという気がずっとしていました。大学に関しては、私よりもっと実力のある後輩がたくさんいますから、あまり心配してはいません」

「それではこれから何をなさるおつもりですか」

女性MCが投げかけた質問に、ユ教授は待っていた瞬間が訪れたと感じた。そして画面の向こうで見ているかもしれない人物に聞かせるつもりで言った。

「本屋を開こうと思います」

「本屋を？　よくお似合いではありますけども」

「ただの本屋ではなく、これまで自分の集めてきた古書を売るつもりです」

「本気ですか。古書を命のように大事にされていると思っていたんですけど」

「あの世にまでは持っていけそうにないのでね。重いだろうし」

溜息交じりに言うと二人のMCが同時に笑った。今度は男性MCが口を開いた。

「一切合切、捨てていこうということですね。先生の面白い話や、興味深い古書の話が聞けなくなるのは残念です」

「本屋に来ていただければいくらでもお聞かせしますよ。最近、小さな本屋を経営している方たちに会ったのですが、客がドアを開けた瞬間、その人が本を買うかどうか、わかると言っていました」

「ほう。もし本を買う気のないお客さんだったらどうするんですか」

「すぐにドアを閉めて鍵《かぎ》をかければいいんだそうです。本を買うまでね」

スタジオが再び笑いに包まれた。笑いが収まるのを待ったユ教授はさりげなく表情を変えた。

「ずっと前に、娘と約束したんです。帰国したら、一緒に本屋をやろうと」

「ああ、そういえば、お嬢さんは本がお好きだったとおっしゃってましたね」

女性MCが沈鬱《ちんうつ》な声で言った。ユ教授は大きく息をついた。

「遅すぎるようですが、今からでもやらないと将来、天国で再会した時に、約束を守らなかったと娘に叱《しか》られそうで。妻まで娘に加勢したら、私はまたこの世に追い返されるかもしれません」

妻と娘がこの世を去ったことにさりげなく言及すると、少し前まで笑っていたコメンテーターたちがすばやく顔を引き締めた。

「本屋の名前は決まっていますか」

女性MCの質問にユ教授が答えた。

「いくつか候補を考えて迷いましたけれど、〈記憶書店〉に決めました」

「記憶書店ですか」

「ええ。私にとっては、先に逝った家族を記憶する場所になりますから」

二人のＭＣがうなずいた。赤いキャップの男が発言した。

「僕も行っていいですか」

「歓迎しますが、来る前に準備が必要です」

「やっぱりお金ですね」

男が指で紙幣を数える真似《まね》をすると、皆が笑った。ユ教授は軽い笑顔で応じた。

「お金ではなく、予約を取っていただかなくてはなりません。本屋は予約制にするつもりですので。そして本を買いたければ、本に対する愛情と知識を準備してきて下さい。予約した時間に来て、その本がなぜ自分に必要なのか私を説得していただきます」

「説得できたら本を半額にしてくれますか」

女性ＭＣの質問に、ユ教授が肩をすくめた。

「私を説得するのに成功したら、ただで差し上げても構いません」

ＭＣとコメンテーターが一斉に驚きの声を上げた。ユ教授は出演中に何度も、古書に対する異常なほどの執着を露《あら》わにしていたからだ。そんなユ教授が古書を無料で進呈《しんてい》すると言うから全員が驚いた。その時、モニターの横に立っていたフロアディレクターが終われと手で合図したので、二人のＭＣは画面に視線を向けた。男性ＭＣが言った。

「今日の〈本・本・本、テレビと一緒に〉は百回記念として生放送でお送りしています。そろそろ終わりの時間が近づきました。本のある世の中をつくるための、わが局の努力と挑戦はこれからも続きます。百回記念のためにお越し下さった出演者の皆様と、引退を宣言されたユ教授に感謝を申し上げます」

続く女性MCの締めの言葉で生放送は幕を下ろした。フロアディレクターが終わったと手で合図すると、コメンテーターはいっせいに息をつき、つけていたピンマイクを取った。ユ教授も襟につけていたピンマイクをはずし、服の中に続いているコードを抜いた。フロアディレクターがピンマイクを集めている間に、台本を持った男性MCが近づいてきた。

「いつも面白い話をして下さったのに、もうお会いできないんですね」

「おかげさまで楽しかったですよ。これからは本屋の主人として遠くから応援します」

「それにしても、大学までお辞めになるというので驚きました」

「俗世であまりにも長い間遊んでいましたから」

男性MCがくすくす笑い、女性MCも感謝とねぎらいの言葉をかけた。ユ教授はさっぱりした顔で礼を言って席を離れた。十五年間みっちり準備してきたことに、ようやく着手するのだ。彼は過ぎた日々を思い浮かべ、自分が準備した餌《えさ》にハンターが食いついてくれることを願った。十五年前のトンネルのような暗い通路に入りながらつぶやいた。

「目的地に向かう時間だ」


ハンターはテレビでユ教授の話を聞いて思わず立ち上がった。

(何だと!)

金に目がくらんで、有名になるためには手段と方法を選ばないと後ろ指を差されていた人間が、突然すべてを投げ出すという。殺人以外では、ユ教授が有名になろうとあがいている姿を見るのが唯一の楽しみだった彼は、両手でテレビをつかんで揺らしながら叫んだ。

(どうして引退する? どうして!)

ユ教授は小さな古本屋を開くと言った。それは、もう彼をテレビやマスコミで見ることはできなくなることを意味する。楽しみを奪われて腹を立てたハンターは、部屋の中をぐるぐる回りながら怒りを噛《か》みしめた。

(こんなことがあっていいのか。いいわけがない!)

ユ教授は収集した本を、書店を訪れた人に無料であげてもいいと言った。それを聞いた瞬間、ハンターはそれが自分のために仕掛けられた罠《わな》であると気づいた。

（訪ねてこいということだな）

警戒するというより、教授が敢えて自分を挑発したことに腹が立った。

怒りを抑えることができなくて、思わず引き出しからスマホを出し、獲物を閉じ込めた部屋に行った。足音が聞こえたのか、女が悲鳴を止めた。明かりをつけて水を止めると、頭から冷水を浴びた女がぶるぶる震えながら言った。

「お願い、殺さないで」

その前に立ったハンターは、持ってきたスマホを彼女の膝《ひざ》の上に投げた。そして後ろに回って手錠についている鎖をゆるめてやった。手錠はそのままだが、手は少し自由がきくようになった。突然の行動に驚いた女が、顔を少し後ろに向けた。

「家に電話して、いくら出せるか聞いてみろ」

「ほ、ほんと？」

「同じことを二度言わせるな」

ハンターの言葉を聞いた女の表情に、助かるかもしれないという希望が浮かんだ。震える手でスマホを持った女が急いで電話しようとしている間に、ハンターは後ろの壁際のテーブルに置いてあったハンマーを手にした。大型のハンマーはとても重かったけれど、一撃で仕留めることができるから愛用していた。最初の殺人でレンチを使い、次には包丁を使った。しかし包丁で刺されて血を見た獲物が興奮してひどく抵抗したうえ、血がたくさん出て掃除が面倒だった。それであまり血を出さずに致命傷を負わせ、抵抗できないようにさせられる鈍器を使うことにした。背後から後頭部を強く殴るだけでいい。ハンターは背中にハンマーを隠してゆっくり近づいた。そうしている間も、獲物は生きて帰れるという希望を持って必死に電話しようとしていた。ハンターは女の背後に回ってハンマーを振り下ろした。人は頭蓋骨《ずがいこつ》が鈍器で強打されれば大きな音がするだろうと想像するが、実際に聞こえるのはパリパリという音だ。足で踏んだスナック菓子が砕《くだ》ける音に近い。衝撃で、女の持っていたスマホが床に落ちた。ハンターはスマホの画面に散った血を見て唇をゆがめ、声もなく笑った。与えたスマホはもともと故障していた。それも知らずに生きて帰れると思って必死で操作しようとしたのだろう。女の後頭部を砕いたハンマーはねっとりした脳髄《のうずい》や血にまみれていた。舌先でちょっとなめてみて、慣れないしょっぱさに顔をしかめた。ハンマーを元どおりテーブルに置き、前に回って自分の仕留めた獲物を見下ろした。女の顔には、なぜ死ぬのだろうという困惑の表情が表れていた。強打された衝撃で、片方の目が眼窩《がんか》の外に飛び出している。

（おや、力を入れすぎたようだ）

自分のミスを認めた彼は、慎重に眼球を眼窩に押し入れた。希望を持たせながら何日かは生かしておくつもりだったのに、テレビでユ教授の引退宣言を聞いて腹立ちまぎれに殺してしまった。怒りはまだ収まらなかったけれど、とにかく死体を処理してしまうことにした。ハンマーと一緒にテーブルに並べられていた二つのブッチャーズフックを手に取り、うなだれている女の背後に回って両脇の下に刺した。肉が裂ける音がしてしっかり刺さったのを確認してから天井に手を伸ばし、チェーンブロックのロードチェーンを下ろした。そしてブッチャーズフックをロードチェーンの先に付いている二つのフックにそれぞれ繋《つな》ぎ、女の手足を椅子に固定していた手錠を外した。支えを失った死体が椅子の横に倒れかけたので、ハンターは慌ててハンドチェーンをつかんだ。彼は獲物が必要以上に損傷することをひどく嫌う。ハンドチェーンを下に引くと死体が徐々に持ち上がった。半地下だからあまり高く上げることはできないが、足が床からちょっと浮くぐらいまでには持ち上げられた。チェーンをしっかり固定したハンターは、テーブルの上にあったフックカッターを手に持ち、吊《つ》るされた死体の服を裂いた。まるで殻を剥《む》くように服を剥かれた死体は、照明の下でゆっくりと円を描いた。ハンターは裂けた服を片隅の箱に投げ入れ、カッターを元どおりテーブルに置くと、引き出しを開けた。中には数日前に研いだ包丁が一本入っていた。包丁を持って吊るした死体に近づき、片膝《かたひざ》をついて死体の両足のかかとを切った。鮮紅色の血が床の排水口に流れていった。彼は後ずさりして自分の作品を眺め、ドア横のスイッチを押してもう一度水を流した。

（一日あれば血が全部抜けるだろう）

血を抜いてしまえば、死体もわりに処理しやすくなる。何番目かの獲物からこうしてきたのだが、とても便利だったからそれ以来、毎回同じやり方で処理した。狩りの後は獲物を処理することも重要なので、何度か試行錯誤と実験を繰り返して最善の方法を見つけた。最初の頃は焼却したが、煙や臭《にお》いのせいで不審を抱かれたこともある。それで、凶器はハンマー、死体は血を抜いた状態で処理することにした。明かりを消してドアを閉めた彼は、再び部屋に戻った。シャワーを浴びようかと思ったけれど、怒りが込み上げてくるのを抑えられなかった。結局、シャワーを諦め、隅にある金庫に近づいた。片膝を立ててダイヤルを回し、金庫の扉を開けて中にある物のうち一つを出してマットレスに横たわった。彼が手に取ったのは一九二六年に発行された月刊誌『開闢《ケビョク》』七十号だ。この本は李相和《イサンファ》の詩「奪われた野にも春は来るのか」が発表されたために高値がついている。ゆっくりとページをめくり、古い活字を見ていると心が落ち着いた。そして李相和の詩が掲載されているページに至ると、ゆっくり一文字ずつ噛みしめるように読んだ。父はいつも、本はそんなふうに読まなければならないと言っていた。そうしなければ古い本に憑《つ》いている鬼神に食われてしまうと言って怖い顔をして見せた。だが実のところ、それは父が怖くない唯一の瞬間だった。ハンターは静かに涙を流した。十五年前に負傷した左足がずきずきしたけれど、気にかけなかった。古い本を読む喜びを満喫したい。それでも心の片隅にはまだ怒りが渦巻いていた。有名になろうとあがいていた虫けらみたいな奴が突然すべてを投げ出すなど、信じられない。しかも、これ見よがしに古書店を開くというのだ。本を閉じたハンターは、十五年前のことにけりをつける時が来たと直感した。もちろんその書店が自分をおびき寄せるための罠であることはわかっている。いつにもまして用心深く接近しなければならない。

（俺に挑戦しようってか）

2　十五年前

やっと出発したものの、車中での口喧嘩《くちげんか》は続いていた。後部座席のユリは行きたくないとずっとごねていたし、妻も沈黙によってそれに同調した。そんな状況がひどく気詰まりになったユ・ミョンウは、いら立ちをぐっとこらえた。

「そんな顔するなよ」

「こんな状況で、無理でしょ」

妻がここぞとばかり不平を言うから、ユ・ミョンウは思わず顔をしかめた。

「絶対行かなきゃならないって何度も言っただろ」

「だとしても、帰国してすぐに出かけるなんて。ユリが疲れているのがわからないの？」

ユ・ミョンウは後部座席に寝そべっている娘のユリをバックミラーで見て溜息をついた。最初からすべてがこじれていた。パリのシャルル・ド・ゴール空港で飛行機にエンジントラブルが発生して三時間も延着したのが不幸の始まりだ。そのせいで仁《イン》川《チョン》国際空港が一番混雑する時間に着いてしまった。中国人団体客が入国する時間にかち合ってしまったせいで、空港の外に出るまでに相当な時間がかかった。タクシー待ちにも時間を費やし、新村《シンチョン》の自宅に到着した時には予定より五時間以上遅れていた。そのため、荷物を置いてすぐ白いニューEFソナタ【韓国《かんこく》の現代自動車が生産していた中型セダン】に乗って富川《プチョン》に向かわねばならなくなった。そこで開かれる大学総長の古《こ》希《き》祝いに参加するのだ。予定時間に着いていたら家で少し仮眠できたのだが。通行量の少ない国道に入ったので、うまくいけば時間に間に合う。しかし妻はどうせ遅刻するから行くのはやめようと言い、今年中学生になったユリも、疲れたと言って行きたがらなかった。ユ・ミョンウはそんな二人に怒った。

「フランス留学から帰ってすぐ専任教員に採用されるなんてめったにないんだぞ。すべて総長が強く推薦してくれたからこそできたことだ。それなのに、絶対参加してくれという古希祝いに欠席したら、俺の立場はどうなる」

それほど怒り、焦ったのは、まだ正式採用ではなかったからだ。もし総長の気が変わりでもしたら、自分の代わりにその席を得たいと思っている者はいくらでもいる。暇さえあれば古書を収集していたユ・ミョンウは、古書愛好家である総長のお気に召したおかげでどうにか専任教員の座を手に入れた。しかし正式採用は帰国後に決定することになっていたので、ライバルたちは相変わらず虎視眈々《こしたんたん》とその座を狙っていると、韓国にいる友人たちがそっと教えてくれた。そのたびに焦ったけれど我慢するしかなかった。だからこそ古希祝いに出席して、韓国文学科で新たに任命される専任教員は自分だと、ライバルや関係者に示したかった。それなのに、そんな気持ちも考えずに足を引っ張る妻子が煩わしい。思っていることがそのまま顔に出たのか、助手席に座っている妻が嘆息した。

「専任になるって、そんなに大事なことなの」

「大事だとも。外国で博士課程を終えて帰国しても就職できない友達は、一人や二人じゃないいんだぞ」

「あなた、突然出世に目がくらんだみたいね。どうしてなの」

妻は心配そうな口調だったけれど、ユ・ミョンウはいっそう腹を立てた。

「どうしてだと？　お前たちを食べさせるためじゃないか」

ユ・ミョンウが怒鳴《どな》るのでユリが泣《な》き出してしまった。幼くしてフランスに行き、言葉の通じない学校でよく泣いていた娘のために、彼は何度も学校に行った。泣きじゃくっていたユリは、父の顔を見るとようやく泣き止《や》んだものだ。教師から連絡を受けるたび、自分の勉強や研究会を放り出して子供の学校に行くのは厄介なことだったけれど、どうしようもなかった。その時の気分を思い出したユ・ミョンウは、娘を叱りつけた。

「泣くな！　どうして泣く！」

　すると娘はいっそう大きな声で泣いた。妻が怒りの表情で言った。

「どうして子供を泣かせるのよ」

「俺が泣かせたんじゃない。勝手に泣いてるんだろ」

「娘に向かって言うこと？」

　怒り心頭に発したユ・ミョンウは、ハンドルを殴りつけた。

「俺は家族を食わせようと必死なんだ。ちょっとだけ我慢してくれればいいのに、どうしてそれができない？」

「あたしたちに聞きもしないで。自分一人で決めてついて来いと言ったんじゃない」

「じゃあ頼むから、助けてくれよ！」

　つらかった留学生活についての鬱憤《うっぷん》をぶちまけるように、ユ・ミョンウは声を張り上げた。父親が震えながら怒鳴るので、ユリはいっそう怯《おび》えて泣き続けた。妻の表情もこわばった。妻は腕を組み、もうこれ以上話をしても無駄だとでもいうように窓の外に目を向けた。ユ・ミョンウは何か言いかけたが、前方にトンネルが見えたので運転に集中した。標識もなしに突然現れたトンネルは二車線だったけれど、照明もろくになくて暗かった。

「ちくしょう！　どうしてこんなに暗いんだ」

何もかも気に入らないユ・ミョンウはトンネルに入ってすぐの所に停まっている車を見てブレーキを踏んだ。黒いSM5《エスエムファイブ》【韓国のルノーサムスン自動車が生産していた上級セダン】だ。トンネルの壁にぶつかって故障したのか、誰かがボンネットを開いて見ていた。

エンジンルームからは煙が上がっていた。二車線しかない道路に車が斜めに停車しているから、横を通ることもできない。ユ・ミョンウは大きく息をついて言った。

「頭に来るな。まったく、今日はついてない」

神経質にクラクションを鳴らしたのに、相手はびくともしない。無視されたと思って激怒したユ・ミョンウはシートベルトをはずして外に出た。そんな夫を妻が止めた。

「ねえ、別の道で行きましょうよ」

「後戻りしたら間に合わないぞ」

声を上げて運転席のドアを閉めたユ・ミョンウは、ハザードランプをつけて道を塞いでいる車に近づいた。そして腰をかがめてエンジンルームを覗いている男に叫んだ。

「おい、車が故障したら脇によけるべきだろ。どうして車線を塞ぐんだ」

男が腰を伸ばしてユ・ミョンウを見た。暗い色のパーカーにジーンズをはいた男は、青いキャップをかぶり黒いマスクをつけていたので目しか見えない。暗いトンネルの中で、その目だけがライトのように光っていた。一瞬ぞっとしたけれど、意地でも後には引けなくて一歩前に踏み出した。

「おい、こっちは急いでるんだ。車をちょっとどけてくれ」

だが相手は車に両手をついたまま、首を傾げてユ・ミョンウをじっと見つめた。手には赤いゴムライナーの滑《すべ》り止《ど》めがついた軍手をはめている。まるで、言うことはそれだけかというような態度だ。

「車をどかせと言ってるんだ。この道路はお前のものじゃないぞ」

すると相手は、自分もどうしようもないのだと言うように首を傾げたまま肩をすくめた。ユ・ミョンウは男にもう一歩近づき、肩を押して言った。

「今日はどうして、どいつもこいつもこうなんだ。車が動かないんならレッカー車を呼べよ。俺が呼んでやろうか。え？」

相手はやはり首を傾げて何も答えず、荒い息をつきながら後ずさりした。わざと怒らせようとしているようにも見える。ユ・ミョンウは車を拳で殴りつけた。

「ふざけるな！」

その時、運転席の窓に血の跡があるのに気づいた。

「おい、ケガ人がいるのか？」

覗《のぞ》き込むと後部座席に人が横たわっていた。頭から血が流れている。驚いたユ・ミョンウが顔を上げた時、いつの間にか近くに来ていた男がレンチで彼の頭を殴りつけた。そして腰をかがめて、尻餅をついたまま立ち上がれないでいるユ・ミョンウの目を覗き込み、荒い息をしながら濁《にご》った声で言った。

「しゃべれるものならもっとしゃべってみろ。車が故障してたら、手伝うことはないかと聞くべきじゃないのか。雑巾《ぞうきん》を口にくわえているのでもあるまいし」

男はポケットからナイフを出した。

「口を裂けば、もうあんなことは言えなくなるだろう」

冷たい刃先が頰に当たり、ユ・ミョンウはもがいた。それで唇の片方が切れ、血が頰を伝って流れ落ちた。それでもユ・ミョンウが動こうとするから男は舌打ちをして、ナイフの代わりにレンチを高く持ち上げた。

「いらいらさせるな。まったく」

その時、妻と娘のユリが乗った車からクラクションの音がした。ずっと鳴り続ける音に、男が振り向いた。

「ちぇっ、片付けてから行こうと思っていたのに」

それを聞いたユ・ミョンウは、はっとした。

「やめろ！　女房子供には手を出すな」

「それは俺が決めることだ。俺の人生に干渉しないでくれ」

ユ・ミョンウが手を伸ばして男の脚にしがみつくと、相手は邪魔するなというようようにレンチで片方の膝を殴った。ボキッという音がして骨が折れたと思いながらも、ユ・ミョンウは悲鳴すら上げず男の脚にしがみついた。男は車の後部ドアを開け、ユ・ミョンウをつかんで中に押し込んだ。

「後で片付けてやるから、ちょっと待ってろ」

倒れている人の上に重なったユ・ミョンウは、それが実は死体であることに気づいて驚愕《きょうがく》した。体をよじると、床にカバンのようなものが見えた。とっさにそれをつかんだユ・ミョンウは頭の上に手を伸ばし、ドアを開けようと力を振り絞った。そうしている間にもクラクションは鳴り続けた。

「おい、クラクションを鳴らすのはやめて、どこかに逃げろ。バックして他の道に行くんだ」

悲鳴のような声で叫んでいると、ガタッという音がしてドアが開いた。ユ・ミョンウは呻きながら身体を引きずるようにして外に出た。つかんでいたカバンも地面に落ちた。道路の上に転がったユ・ミョンウは、妻子の乗っている車から降りる男の姿を見て絶叫した。

「おい、何をした！」

ユ・ミョンウが外に出たのを見ると、男はニューEFソナタのドアを閉じて、ゆっくり近づいてきた。頭と脚を負傷しているので逃げられないし、妻子を置いて逃げるつもりもない。起き上がろうともがくユ・ミョンウに、近づいてきた男が舌打ちをした。

「素直に言うことを聞けばよかったな。そうだろ」

「いったい、どういうことだ」

「俺はハンターなんだよ」

「何だと」

「ハンターは、誰かに邪魔されることには我慢がならないものなんだ。ハンターが牙《きば》を剝けば、その前にあるものは獲物になる」

自称ハンターの目尻《めじり》が吊り上がった。おそらくマスクの下で口角も上がっているのだろう。

「だからといって、ここまですることはないだろ。このサイコ野郎め！」

発作的に叫ぶユ・ミョンウに、男がレンチを持ち上げた。しかしユ・ミョンウがカバンを盾《たて》にして防御すると、相手はぎくっとして今までとはまったく違う声を出した。

「おい、それを下ろせ」

レンチで殴る代わりに、もう片方の手でカバンのショルダーベルトをつかみ、力ずくで奪おうとした。ユ・ミョンウは必死にカバンを渡すまいとした。その最中にカバンのショルダーベルトが取れて男が後ろに転倒し、ショルダーベルトの輪についていた、鍵の形をした小さな金属製チャームがはずれた。男はショルダーベルトを投げ捨てると、怒りの形相《ぎょうそう》で近づいてきた。

「この野郎、おとなしく死んだらどうだ」

男は倒れたユ・ミョンウの胸倉をつかんでレンチを振り上げた。冷たいその目を見て、ユ・ミョンウがつぶやいた。

「狂ってるな」

「お前も同じだろうが」

男がくぐもった声で笑いながら言い、レンチを振り下ろそうとした瞬間、ユ・ミョンウはチャームをつかんで男の左足の甲を突いた。突然の攻撃に不意を突かれた男はレンチを落として飛び跳ねた。そしてポケットからナイフを出して狙いを定めた。

「世話を焼かせてくれるな」

男が足を引きずりながら近づいてくるので、ユ・ミョンウはカバンを盾にした。カバンを傷つけずにユ・ミョンウを刺そうとしていた男は、車の音を聞いて振り向いた。いつの間にか現れた一台の青いトラックが、ライトをつけたまま停車した。それを見た男は、すぐに背を向けてニューEFソナタへと走った。そして車を発進させ、ユ・ミョンウに向かってきた。轢《ひ》き殺そうとしているらしい。

「よせ！」

ユ・ミョンウは身体を引きずって逃げようとしたものの、避けられたのは上半身だけだった。だらりとした両脚を車が轢いた瞬間、骨と肉が砕けるのがはっきりわかった。

「あっ！」

悲鳴を上げたユ・ミョンウは、ショックで何度か回転したが、そうしている間もショルダーベルトの取れたカバンはしっかり抱えていた。彼の両脚を轢いたニューEFソナタが煙の出ているSM5にぶつかり、弾《はじ》かれたSM5がひっくり返りそうに揺れた。ユ・ミョンウは横たわったまま、男が運転する自分の車が暗いトンネルの向こうに消えるのを見ていた。赤いテールランプが闇に呑まれてしまう頃、ようやく痛みを感じた。両脚はまるで道路にくっついてしまったみたいにびくともしない。その時になってようやく、二人の男がトラックを降りて走ってくるのが見えた。一人はスマホを耳に当てて周辺を見回していた。セマウル帽【農村の近代化を目指して一九七〇年頃から始まったセマウル運動を象徴する緑色の帽子】をかぶったもう一人は、おずおずとユ・ミョンウに近づいてきた。

「大丈夫ですか」

怯えている彼に、ユ・ミョンウは必死で聞いた。

「女房と子供はどうなったんでしょう。あの車に乗ってたんです」

「あの車？」

戸惑っている男にユ・ミョンウは、ニューEFソナタが停まっていた場所を指した。

「私を轢いていった車ですよ。あの車に女房と子供が乗ってたんです」

「そ、それは知らないけど、道端《みちばた》に何か落ちてます。最初は車にはねられたキバノロだと思ったんですが……」

それが何を意味するのか気づいたユ・ミョンウの目から涙が溢《あふ》れた。

「俺のせいだ。俺が悪かったんだ」

妻子の言うとおりにしていたら、こんな悲劇は起こらなかったと思うと、狂いそうだった。倒れたまま空に向かって嗚咽《おえつ》するユ・ミョンウを見て、男はおろおろしていた。その間に連れの男が電話で場所を説明しているのが聞こえた。

「ここは天安《チョナン》に向かう国道です。国道。新しくできた道路だから来てみたのに、何てことだ」

ユ・ミョンウは人殺しを捕まえてくれと叫び続けていた。男たちはそんなユ・ミョンウを引きずった。
「車が爆発しそうです。逃げなきゃ」
しばらくすると車は炎に包まれ、大量の煙がトンネルの中に充満し始めた。二人は嗚咽しているユ・ミョンウをトンネルの外に運び出した。

夢はいつもそこで途切れた。ユ教授は照明の明るい天井を黙って見上げた。あの日以来、闇をひどく恐れ、寝る時も常に明かりをつけている。罪の意識と恐怖で、光のない場所では呼吸もままならないほど苦痛だ。ユ教授は静かにベッドから出て、脇に置かれていた室内用車椅子に座った。こんなふうに目を覚ました時はシャワーを浴びるのが習慣になっている。車椅子が通れるよう段差をなくした部屋を出て浴室に向かった。浴室のドアを開けて中に入りアルミニウム製の入浴用車椅子に座った。車椅子でシャワーの下に入ったユ教授が手の届く位置につけたボタンを押すと、天井のシャワーからお湯が出た。シャワーを浴びながら、つらい記憶を振り払おうと必死になった。

救急車とパトカーがほとんど同時に到着するのを見た彼は、自分の命を救ってくれたカバンを抱いたまま意識を失った。気がついたのは二日後で、現場近くの病院だった。目を開けるやいなや、彼は家族のことを聞いた。

「妻と娘は?」

バッファローホーンフレームの分厚い眼鏡《めがね》をかけた白衣の医師は、横に立っている革ジャン姿の男に視線を向けることで返答に代えた。耳にボールペンを挟んだまま手帳を開いた男は、イム・ジウン刑事だと自己紹介し、ドライに答えた。

「現場のガードレール近くで発見されました。二人とも鈍器で殺害されていました」

それを聞いたユ・ミョンウは涙を流した。クラクションを鳴らしてくれたおかげで自分は助かったのに、妻子が犠牲になった。それも自分が意地を張って出かけたせいで。自分が殺したも同然だと泣きわめく彼に、刑事が尋ねた。

「犯人の顔や服装は覚えていますか」

ユ・ミョンウは思わず布団の襟《えり》をつかんだ。恐怖に満ちた瞬間を思い出したのだ。刑事はそんなユ・ミョンウを、意味深長な目で見ていた。さらに何か聞こうとした刑事を、医師が止めた。

「まだ安静が必要なようですので、明日にして下さい」

刑事は素直にうなずくと手帳を閉じ、ボールペンを元どおり耳に挟んで言った。

「では、明日また伺います。お大事に」

刑事が肩で風を切るような歩き方で出てゆくと、医師が布団をきちんとかけ直してくれながら言った。

「お話があります」

「何でしょう」

医師は今度も返答の代わりにユ・ミョンウの脚の方に目をやった。ユ・ミョンウはその時ようやく、意識を失うまでずっと痛かった両脚に何の感覚もないことに気づき、息を詰まらせた。

「病院に着いた時はもう手遅れで、出血がひどくて切断するほかはありませんでした」

身を起こして布団の中に手を伸ばしたユ・ミョンウは、両脚が膝下からなくなっていることを知った。虚《むな》しさと同時に、あの時の苦痛が込み上げてぶるぶる震えた。医師は慌てて彼を横たわらせると、外に向かって叫んだ。

「看護師さん！」

看護師たちがやってきて押さえるまで、彼は狂ったようにもがいていた。鎮静剤を注射しろという医師の叫びが、こだまのように響いた。

それ以後、退院するまで経験したことは、家族を失ったこと以上に彼を傷つけた。目撃者がいたのにもかかわらず、警察は彼を容疑者の一人と見ていた。特に革ジャンを着て現れたイム刑事は、彼が妻や娘と言い争っていたことを知って根掘り葉掘り尋ね、親族や周辺の人々に彼の夫婦関係について聞いて回った。見舞いに来た父からそのことを聞かされたユ・ミョンウは胸が潰《つぶ》れそうだった。彼は憤慨《ふんがい》し、自分が目撃した殺人犯について証言したけれど、刑事は素っ気ない返答をするだけだった。犯人が妻子を殺して奪った白いニューEFソナタは約二十キロ離れた田舎町《いなかまち》で発見された。指紋は出なかった。犯人は霧のように姿を消してしまったと、イム刑事が不満げに言った。

「幽霊みたいな奴です。何も残っていない」

「あいつが最初に乗っていたSM5は？」

「後部座席で死んでいた被害者の車でした」

「犯人が乗っていたんだから、そこから何か証拠が出たでしょう？」

「残念なことに車が全焼して、すべての証拠が消えてしまいました。被害者の身元は、ようやくわかりました」

「どんな人だったんですか」

ユ・ミョンウの質問に、イム刑事が手帳に挟んでいた写真を見せた。

「コ・ジョンウクという男性です。年は四十三歳、仁寺洞《インサドン》で古書や骨董《こっとう》品の仲介をしていた人ですが、ひょっとしてご存じですか」

イム刑事が差し出したコ・ジョンウクの写真を見て、ユ・ミョンウは首を横に振った。

「フランスに五年以上留学していて、韓国にはあまり帰ってなかったんです」

「そう聞きました。被害者は当日の午前に犯人から電話を受け、自分の車で出かけて殺害されました。レンチで頭を殴られて」

写真を手帳に戻したイム刑事は、コ・ジョンウクが頭のどこを殴られたかを手で示して話を続けた。

「その衝撃で被害者がハンドルから手を放して、車がトンネルの壁にぶつかったようです」

「その人はなぜ殺されたんですか」

ユ・ミョンウの質問にイム刑事は耳に挟んだボールペンを抜いて頭を掻《か》いた。

「わからないのですが、おそらく金銭トラブルではないかと思います。犯人は仁寺洞にある被害者の店に電話をかけ、外で会って一緒に車で現場に移動したようです。おそらく取引をするという口実で誘い出したのでしょう。被害者の死亡時刻は、お宅のご家族とほぼ同じです」

「犯人は、殺人の前科がある人間なんでしょうか」

「それはまだわかりません」

「犯人についての手掛かりは、本当に何もないんですか」

イム刑事が首を横に振った。

「幽霊みたいに消えてしまいましたから。警察が近くの村を聞き回っていますが、何も出てきません。田舎は人通りが少ないのでね。新たに開通した道路で車も少なかったし」

「防犯カメラにも映ってないんですか」

イム刑事は顔をしかめた。

「あんな田舎に、そんなものがあるはずないでしょう。焼けた車から指紋か足跡か何か出ないかと思って科学捜査班が調べたけれど、何も出ませんでした。今度来る時は強盗殺人の前科がある人物の写真を持ってきますから、一度見ていただけますか」

「そんなことをしても無駄でしょう」

「なぜです」

「金目当てという感じではなかったから」

イム刑事は首を横に振った。

「事件の一時間ほど前に、被害者の通帳から数百万ウォン引き出されていますが、現場からそれらしい現金は発見されませんでした。その金を狙って殺した時にお宅の車が現れたので、偶発的に再び殺人を犯したのに違いありません」

イム刑事は自信ありげに言ったけれど、ハンターと名乗る殺人犯を間近に見たユ・ミョンウとしては、とてもそうは思えなかった。彼が苦々《にがにが》しげな表情でずっと目をそらしているので、イム刑事は鼻を掻きながら言った。

「ショックを受けられたのはわかりますが、こういうことはプロに任せて下さい」

「手掛かりも見つかっていないのに?」

ユ・ミョンウの反駁《はんばく》に、イム刑事が大きな溜息をついた。

「テレビドラマではすぐに犯人が逮捕されるけど、実際には時間がかかるんです。特に、今回のように犯人が跡形もなく消えてしまった状況ではね」

イム刑事の言葉が弁明のように聞こえて、ユ・ミョンウは不愉快だ。

「白昼堂々、道路の真ん中で三人も殺されたんですよ。どうしてそんなのんきなことが言えるんですか」

「とにかく我々も最善を尽くしています。犯人の顔がわかればまだしも、現場にいた人たちも顔を知らないからモンタージュすら作れないんです」

ユ・ミョンウはマスクと帽子に隠れた犯人の顔を思い浮かべようとしてみたが、マスクと帽子を取って目の前に現れてもわかりそうにない。荒い息遣いが思い出されたけれど、あんなふうに息をする人はいくらでもいるだろう。眼光だけは印象に残っているが、それすら隠されたらどうしようもない。しかしイム刑事の言葉は、まるで犯人を捜すことすら面倒だと言っているように響いた。それでいて妻との関係を執拗《しつよう》に聞き始めたから、見かねた医師が、治療の時間だからと言ってイム刑事を追い出した。医師は体温をチェックしながら、思い出したように言った。

「ところで、カバンは受け取りましたか」

「カバンって？」

医師が舌打ちをした。

「医事課の職員に、渡せと言っておいたのに」

医師の表情を見たユ・ミョンウは、すぐに気づいた。

「ああ、あのカバン」

「ええ。病院に運ばれてきた時、持っていらしたカバンです。医事課で保管しているはずです。すぐに持ってこさせましょう」

問題のカバンは一時間後に届いた。犯人の乗っていた車にあったカバンはありふれた布製で、ショルダーベルトが取れている以外、特に変わった所はない。おそらく意識を失った状態でもそのカバンを抱いていたから、病院では彼の所持品だと勘違いしたのだろう。何かが入っているらしく、ちょっと重い。ファスナーを開けると古い本が一冊出てきた。古書収集を趣味としている彼は、ひと目でわかった。

(『失われた真珠』だ)

それは平安北道《ピョンアンプクト》出身の詩人であり翻訳家、評論家だった金億《キムオク》の手になる、英国詩人アーサー・シモンズの詩約六十篇《ぺん》を収録した訳詩集だ。平文館《ピョンムングァン》から一九二四年に出版されたもので、冒頭に金素月《キムソウォル》の詩「金《きん》の芝生」【原語は금잔디《クムチャンディ》で、〈美しい芝生〉を意味する】と「ツツジの花」が紹介されている。ネットオークションに出た時に関心を持って見たけれど、貧しい留学生にはとても手が出なくて諦めた。

（あいつは俺から奪い返そうとしていた）

犯人は自分を殺すつもりで近づいてきたのに、カバンを盾にされてまごついていた。正確に言えば、カバンの中に入っていたこの本が傷つくことを恐れたのだ。そのことに思い至ると、結論はすぐに出た。

（俺と同じ古書愛好家だな）

なぜ殺したのかはわからないが、車の中で死んでいた被害者も仁寺洞で古書や骨董品を扱っていたと聞いたのを思い出した。おそらく本を奪うために殺したのだろう。刑事も見落としていた捜査の手掛かりをつかんだと思うと、胸がどきどきした。

（この本をきちんと調べたら指紋が出るだろうか）

だが自分の指紋や、病院の医事課職員の指紋がついているに違いない。それに、犯人は軍手をはめていた。何よりも、犯人を捕まえるのにあまり熱心ではなさそうなイム刑事の顔が浮かんだ。

（これを手掛かりに自分で犯人を捜した方が早いな）

顔や指紋は確認できないけれど、少なくとも犯人が古書を大事にしていることだけは確かだ。こういった趣味は、持つことも難しいけれど、やめることはもっと難しい。ユ・ミョンウも、貧しい留学生時代にもちょっと余裕ができるとオークションに出された古書を買ったものだ。残忍極まりない殺人鬼と自分に共通点があるというのは受け入れがたい。

夢中でページをめくっていたユ・ミョンウは、真ん中あたりで手を止めた。本のページに蛾《が》のようなものが挟まっていたのだ。古書を収集する人間は本が傷つくことを何よりも嫌う。それなのに、わざわざそんなことをするなど理解できない。

（そんな変な奴だから人を殺すのかな）

ぼんやり考えに耽《ふけ》っていた彼は、ドアの開く音で現実に戻った。入ってきたのは知らない男で、聞き込み捜査のために出入りしていた刑事や警察官ではなかった。家族と警察関係者以外は面会が禁止されていることを知っていたユ・ミョンウは、見知らぬ訪問者に尋ねた。

「どなたでしょう」

ずんぐりしたぼさぼさ頭の男は、彼に近づきながらささやいた。

「ユ・ミョンウさんですね？　京民《キョンミン》日報のソン・ギスと申します」

「新聞記者ですか？　ここは面会禁止なのに、どうやって入ってきたんです」

「世の中には抜け道ってものがありますからね」

にたりと笑うと、椅子をベッド脇に持ってきて座った。ベッドの枕元《まくらもと》にはナースステーションにいる看護師を呼び出すためのボタンがある。そっと手を伸ばした
ユ・ミョンウに、ソン記者が言った。

「ちょっとインタビューをお願いしたいと思いまして」

「何が聞きたいんです」

「猟奇的な殺人なのに、警察は手掛かりすらつかめていないんでね」

「手掛かりは何もないんですか」

ユ・ミョンウの問いに、ソン記者がうなずいた。

「正直なところ、捜す気もなさそうです。現場検証もいい加減だし、証拠集めもろくにできていません」

シニカルな言葉に、ユ・ミョンウはぞっとした。妻と娘を殺した犯人は、このまま永遠に捕まらないのではないか。それではいけないと首を横に振る彼に、ソン記者が言った。

「警察の事情聴取はいかがでしたか。取材したところでは、警察はユさんを容疑者の一人と見ているようですが」

「とんでもない。目撃者が二人もいるのに。それに、私は大ケガをしたんですよ」

ユ・ミョンウの話を聞いたソン記者が、布団の、脚が隠れている辺りを見て唾を呑み込んだ。

「それはそうですが、犯人を捜せないのでユさんを容疑者に含めているみたいです。誰かを雇って殺させて、嫌疑を免《まぬが》れるためにわざと車に轢かれたと」

「ひどい話だ。私がどうしてそんなことを」

ユ・ミョンウが腹を立てるとソン記者の目が光った。

「取り調べ中に変な感じがしませんでしたか」

それを聞いた瞬間、ユ・ミョンウは記者の意図に気づいた。ベッドの枕元にあるボタンから手を離し、布団を撫《な》でた。

「妻との関係をしつこく聞かれました」

「どうしてですか」

「事故の直前まで、口喧嘩をしていたんです」

「イム刑事は周りの人たちに、犯人は夫に違いないと言って回ったそうですよ」

「私も聞きました。何度も」

「さぞかしつらかったでしょう」

長い溜息をついたユ・ミョンウは、手にしていた古書を見ながら、あることを思いついた。

「この本のおかげで、ずいぶん気が紛れました」

好奇心で目を輝かせたソン記者が尋ねた。

「ずいぶん古そうな本ですね」

「一九二四年に平文館から出た『失われた真珠』という訳詩集です。訳者である金億は金素月の恩師です。序文で素月の詩を紹介しています」

「教科書に出てくる、あの金素月ですか」

ソン記者が不思議そうに聞くと、ユ・ミョンウはページを開いて見せた。

「そうです。ちょうどこの本があったので何度も読み返しているんですよ」

彼の話を聞いたソン記者はポケットから小さなカメラを出した。

「写真を撮ってもよろしいでしょうか」

「どうぞ」

ユ・ミョンウはソン記者に言われるまま『失われた真珠』を開き、読むポーズを取った。連続するシャッター音を聞きながら、心の中でつぶやいた。

(犯人が記事を読んでくれれば好都合だ)

あれほど古書を愛好しているのだから、この本を自分の所有物のように語るユ・ミョンウの姿を見れば怒り狂うに違いない。冷たい感情が渦巻いているような殺人犯の眼光を思い出したユ・ミョンウは恐怖を感じたけれど、すぐに落ち着いた。

（対決すればいい。勝ってやる）

入ってきた看護師に追い出されるまで、ソン記者はいろいろな角度から写真を撮った。そして看護師に引きずり出されながら、さよならと言うように手を振った。


翌日、京民日報に、病院のベッドで『失われた真珠』を読んでいるユ・ミョンウの写真が記事と共に掲載された。容疑者が別にいるのにもかかわらず、無能な警察は唯一の生存者である夫に疑いをかけて苦しめているという内容だった。それに、どうやってインタビューしたのか、警察が何度も訪ねてくるので診療の妨げになっているという担当医師のコメントが添えられていた。マスコミの威力はすぐに効果を現した。これまで一度も顔を見せなかった刑事課長が訪ねてきて、申し訳ないと謝罪したのだ。ユ・ミョンウは、それはいいから絶対に犯人を捕まえてくれと言った。刑事課長は必ず捕まえてみせると何度も言ったけれど、ユ・ミョンウはわかっていた。

（俺が自分の手で捕まえなければ）

古書収集と知名度アップのための生活が、そうして始まった。事故に同情する世論のおかげで予定どおり大学の専任教員になれたことが役立った。その後十五年間、彼は大学の先生という肩書を利用してテレビやラジオの番組に出演した。有名になろうと必死になっていると後ろ指を差されたけれど、すべてはどこかに潜伏している犯人をおびき出すための努力だった。長い歳月が過ぎたが、彼はわかっていた。

（あいつは俺のことをずっと見ているはずだ）

犯人は本に強い執着を見せていた。そんな趣味は歳月が過ぎたぐらいでなくなったりはしない。だからユ教授は古書を持ってテレビに出演した。見かけ倒しで中身がない、大学教授のくせにテレビ出演にばかり熱を上げているなどの批判が殺到しても気に留めなかった。テレビを通じて自分を見ているはずのハンターのことだけを思った。自分がテレビに出ていればハンターは絶対に見るだろうから、それを利用して妻と娘の復讐《ふくしゅう》をするつもりだ。長い間夢見ていたその時が、ようやく近づこうとしている。シャワーを浴びながら、もつれた糸をほどくように過去を回想していたユ教授は溜息をつき、こらえていた涙を流した。十五年前のことなのに、スイッチを入れれば照明がつくみたいにその場面がはっきり浮かび上がる。そのたびに自分の過ちを一つ一つ数えた。妻や娘の意見を聞いて総長の古稀祝いに行くのをやめていたなら、あるいは事故を目撃した後、車を降りないでそのまま別の道に入っていたら、妻と娘は今でも生きていただろうし、自分の両脚も無事だったはずだ。自分が判断を誤ったせいで妻と娘を失ったことを思い起こしたユ教授は、拳を握りしめてサンドバッグを殴るように自分の頭を何度も殴った。あいつのための落とし穴は掘ってある。

（もう逃がさないぞ。また会おうな）

最後に冷水を浴びた後、彼はシャワーを止めた。そして十五年前に聞いた声を思い出してつぶやいた。

「ハンターさんよ」

3 記憶する書店

数日後、旧把撥駅《クパバルえき》近くの住宅街に、記憶書店の看板が掲げられた。何年も前から少しずつ準備していたから引退宣言後すぐに開店できた。書店は細い路地が交差する四つ角にある。もともと電器店や大衆食堂、ビヤホールが入っていたレンガ造りの二階建てを書店に改造したもので、すぐ隣に車を一、二台停められる空間があるのを除けばこれといった特徴はない。看板が真っすぐ掛かっているのを確かめたユ教授は、車椅子で書店の中に入った。奥行きの深い書店は、両側の壁はもちろん、途中にもいくつもの書架が間仕切りのように立っていてまるで迷路だ。間仕切りのような書架には、彼のコレクションのうち稀覯本《きこうぼん》が厚いガラス扉の向こうに納まっていた。照明はついていたけれど本には直接当たらないようになっている。両側の壁の書架にも本がところどころ並んでいた。ユ教授について入ってきた記者たちの一人が質問した。

「どうして記憶書店という名前をつけられたのですか」

車椅子を動かして記者に向き合ったユ教授が落ち着いて言った。

「先に逝った家族を記憶するためです」

「家族とは」

「十五年前、あの事件で亡くなった妻と娘です。一瞬たりとも忘れたことはないし、これからも忘れることはありません。私は帰国後すぐ大学に就職しましたが、フランスにいた頃にはよく、引退したら家族で一緒に過ごせる書店を開こうと話していました。週末には、パリのセーヌ河近くにある〈シェイクスピア・アンド・カンパニー〉という本屋によく一緒に行きましたね」

「これからこの書店をどういうふうに運営するおつもりですか」

質問を受けたユ教授は店内に並んでいる古書を横目で見た。テレビ出演や講演、著書出版で稼いだ金で購入し、一度買ったらどんなに高い金額を提示されても売り渡さなかった。それほど貪欲《どんよく》に古書を集めていた彼が突然引退を宣言しただけでなく、蔵書を売りに出すと言ったのだから注目を浴びた。ユ教授はちょっと空咳《からせき》をして言った。

「惜しいことは惜しいのですが、あの世にまでは持っていけませんからね。一緒に埋葬してくれという遺言を残そうかとも思ったけれど、あの世には手ぶらで行くのが身軽でしょう。大枚をはたいて本を買い集めはしたけれど、テレビでも言ったように、正当な代価をもらって売るつもりはありません」

「では、本当にただでいただけるんでしょうか？」

質問をした記者が笑った。ユ教授はいたずらっぽい顔で人差し指を軽く揺らした。

「私を説得できたらね。つまり、なぜ自分はこの本を必要としているのかについて十分な説明をしていただけたなら、ただで差し上げることもあり得ます」

「どうしてそんなことを思いついたのですか」

「古書とは、歳月を経《へ》た本ということです。実際、たいていの古書は最初から高価であったり珍しかったりしたのではなく、歳月が流れ一冊二冊と本が失われるにつれて値段が上がっただけなのです。私は大金を出して買ったものは怖くて読めません。それは本の持っている本質ではないと思います。本は一ページずつめくって読むべきものです。高価だという理由でろくにページをめくれないなら、それは本にとっても大変な侮辱でしょう。本は読まれるべきだし、たっぷり愛情を受けるべきです。高い値をつけられて金庫に入れられたり、飾り物になったりしてはいけません」

両手を開いたまま話していたユ教授は記者たちの反応を窺《うかが》い、ひとこと付け加えた。

「だから私はその人にその本が絶対に必要だと思えばプレゼントするつもりです。ただ、私を説得できたらの話ですが」

「本をただであげるなんて、書店はどうやって経営するんです。テレビ出演もおやめになったのに」

「建物全体が私の物なので大丈夫です」

肩をそびやかしたユ教授の返答に、記者が大笑いした。

「不動産を所有していると、やはり心丈夫ですね。陳列されている本をちょっと紹介していただけますか」

「ええ」

ユ教授は間仕切りのように立っている書架から壁際の書架まで車椅子で回りながら、いろいろな本をゆっくり紹介した。すると記者が聞いた。

「ここにある本がすべてでしょうか」

「もちろん、違います」

「他の本はどこにあるのですか」

「実は、最も高価で価値のある本は並んでいません」

「隠してあるなんて、いったいどんな本なんでしょうね」

記者の質問に、ユ教授は意味深長な微笑を浮かべて、唐突に詩を暗誦《あんしょう》し始めた。

芝生
芝生

金《きん》の芝生
深い山河に燃える火は
あの人のお墓に萌《も》え出《で》た芝生。
春が来た、春の光が来た。
柳の先の小枝にも。
春の光が来た、春の日が来た。
深い山河に　金の芝生に。

質問した記者が当惑して尋ねた。

「誰の詩ですか」

「金素月の〈金の芝生〉です。この詩が掲載されている本が、私にとっては最も大切な本なんです。だからここには並べませんでした」

説明を聞いた記者は、感嘆の声を上げた。

「あら、素敵ですね。本のタイトルだけでも教えていただけますか」

「一九二四年に平文館から出た『失われた真珠』という本です。現在、国内で所有しているのは私だけです」

「値段はおいくらですか」

「二十年前に五百万ウォンで買いました。今はその十倍ぐらいになるでしょう」

「わあ、本当に高価ですね。そんな高い本なのに並べていないということは、売らないということでしょうか」

「いいえ、この本を必要とする理由を述べて私を説得できればお譲りするつもりです」

「ただで？　二十年前に五百万ウォンもしたのに？」

「本は、それを必要とする人にとってはいっそう高い価値を持ちますから」

「先生をどんなふうに説得したらいいんでしょう」

記者の質問に、ユ教授が軽く笑った。

「書店は予約制にするつもりです」

「予約制ですか」

「ご覧のとおり、あまり大きな店ではないのでね。そもそもここにある本は、ふらっと立ち寄って買うようなものでもありませんし」

「それはそうですね。でも予約制の本屋なんて、初めて聞きました」

ハンターを捜すために予約制にすることを思いついた。どんな姿で現れるのかわからないからじっくり観察する時間が必要なのだ。ユ教授にとってこの十五年間は復讐のための物質的な準備だけではなく心の準備をする時間でもあった。妻と娘を殺した犯人が目の前に現れても平常心を失わない冷徹さを養ってきたつもりだ。考え込んでいたユ教授は他の本も紹介してくれと言われて、また車椅子を動かした。そんなふうにして取材を終えた記者たちは、店内の写真を撮って去っていった。ユ教授は、十五年前に家族を殺した男がその記事を読んでくれることを、切に願った。

死んだ獲物を数日かけて解体したハンターは肉と骨を小分けにして、夜中に山にばらまいたり下水に流したりした。処理しにくい頭は大型ハンマーで砕いてからゴミに少しずつ混ぜて捨て、山にも捨てた。引き裂いた服は血をきれいに洗い流してから車で遠くまで行ってリサイクルボックスに捨て、一部はやはり山に埋めた。マスコミは、独り暮らしで会社勤めの二十九歳の女性が失踪《しっそう》し、警察が捜査に乗り出したという短いニュースを報道したが、死んだ女性の住民登録証を見たハンターは、彼女の名がイ・イェジであり本籍は昌原《チャンウォン》であることを知っていた。住民登録証は、最後に神聖な儀式を執り行うみたいに換気扇を回してガスレンジで焼き、炎で丸まったカードをトングでつまんでゴミ箱に入れることですべての作業を終えた。拉致して殺す時の快感を再び味わいたかったけれど警察の捜査網に引っかからないようにするためには、少なくとも一年はおとなしくしていなければならない。死体を処理した部屋のドアを閉め、シャワーを浴びる前にちょっとインターネットを見ようと思ってモニターの前に座ったハンターは、ユ教授に関する記事の見出しを発見した。マウスを動かしてクリックすると昨日オープンした書店についての記事が出た。ハンターはその記事でユ教授が『失われた真珠』について言及したことを知り、血が逆流する気がした。〈記憶書店〉という店名も、あの時に失った本に引用されている金素月の詩を暗誦したのも、自分に対するメッセージであることは明らかだ。ハンターは、その挑戦を受けようと決心した。

五番の客。

予約時間から一分ほど過ぎた時、書店のドアの前に客が現れた。記憶書店を訪問するためにはホームページの申し込みフォームに必要事項を記入し、日時を予約したうえで、子供連れの場合を除き一人で訪問しなければならない。予約制と時間制限についての話が広まると非難の声も上がったけれど、ユ教授は無視した。どのみち目的は別にあるのだ。そうしてやってきた人たちを一人ずつ観察した。防犯カメラを通じて見えた五番目の予約客は、ハンチングをかぶった四十代前半とおぼしい男だった。十五年前に出くわしたハンターが二十代半ばだったとすれば、年齢はだいたい合っている。そのうえ、何だか眼光に見覚えがある気がした。あの日のハンターの目に似ていると思うと少し緊張した。茶色いハンチングに暗い色のシャツを着た男はきょろきょろしながらインターホンで名前を告げた。ユ教授はリモコンで開錠し、男が入ってくると、車椅子でカウンターの外に進み出て軽く会釈した。

「記憶書店にお越しいただき、ありがとうございます」

「不思議ですねえ。こんな店があるなんて」

男は緊張した表情でおずおずと近づき、カバンの中から名刺入れを出した。顎ひげが濃く、手全体が荒れていることからするとホワイトカラーではなさそうだ。案の定、彼の差し出した名刺には、〈木工職人　キム・ソンゴン〉と書かれていた。木の粗《あら》い質感が感じられる名刺を見たユ教授が尋ねた。

「おや、木工作家ですか」

「まだ作家と言えるようなレベルではありません。ずっとＩＴ業界で働いていたのですが、カンナを持つようになってまだ十年しか経《た》ってないんです」

「百八十度違う仕事に転職なさったんですね。楽しいですか」

「女房に叱られ、子供には馬鹿にされてます。収入が激減しましたから」

「おや、私と同じですね」

ユ教授の冗談にキム・ソンゴンは微笑み、顎ひげを撫でた。その微笑が収まるのを待って、ユ教授が尋ねた。

「どんな本をお探しですか」

「ホームページに『朝鮮の脈搏《みゃくはく》』という本が出てましたが」

「无涯《ムエ》・梁柱東《ヤンジュドン》【一九〇三～一九七七。韓国文学者、英文学者。『朝鮮古歌研究』などの著書がある】先生の著書ですね。こちらです」

ユ教授は彼を右側の壁際に置かれた書架に誘《いざな》った。ガラスケースに陳列された『朝鮮の脈搏』は、黄ばんだ表紙の真ん中よりやや上にタイトルが横書きされていた。〈朝鮮〉も〈脈搏〉も漢字だ。タイトルの周囲には朝鮮を象徴する仏塔や城門、舟などのイラストがあり、図案化されたハングルらしきものが表紙の上下に斜めに散らされている。真ん中よりやや下にはチマチョゴリ姿の女性と小柄《こがら》な男性の影が描かれていた。ユ教授が、ついてきたキム・ソンゴンに言った。

「一九三二年に平壌《ピョンヤン》の文芸公論社から出た詩集です。梁柱東先生は学者として知られていますが、実は詩人でもありました。これは彼の詩集です」

ユ教授は簡単に説明すると、キム・ソンゴンが本を鑑賞できるよう横に退いた。ユ教授がいた場所に立ったキム・ソンゴンは、片手でひげを撫でながらガラスケースの中の本をじっと見ていた。ユ教授はそんなキム・ソンゴンをじっくり観察した。仕事柄《がら》なのか、がっしりしている。濁った低い声は十五年前の自称ハンターの甲高《かんだか》い声とは違うけれど、さまざまな理由で声が変わったのかもしれない。しばらく見入っていたキム・ソンゴンが聞いた。

「状態はどうですか」

「最上級です。大きく破損した部分はありません。この詩集には梁柱東先生が一九二二年から十年間書いた詩五十一篇《ぺん》と訳詩二篇が収録されています。特別版として発行されたもので、扉に画家任用璉《イムヨンジン》の絵があるために、所蔵価値がいっそう高いのです」

「一九三二年なら雑誌『文芸公論』を発行していた時ですね。崇実《スンシル》専門学校教授を務めながら」

キム・ソンゴンの問いにユ教授がうなずく。

「そうです。一九二八年に二十六歳で早稲田《わせだ》大学英文科を卒業してすぐに崇実専門学校で教鞭《きょうべん》を執り始めました。『文芸公論』の創刊はその翌年です。梁柱東先生に関心がおありなんですね」

「慶州《キョンジュ》出身なので、郷歌《ヒャンガ》【新羅《しらぎ》中期から高麗《こうらい》初期まで流行した詩歌《しいか》】に興味を持っているうち、郷歌の研究者である梁柱東先生にも関心を持つようになりました」

慶州出身にしては、完璧なソウル言葉だ。ハンターもソウル言葉だった。何より目の光が似ているのが気になる。ユ教授の気配を察したキム・ソンゴンが、にやりとした。

「中学を卒業してすぐソウルに引っ越したからソウルの方が長いんです」

「なるほど。この本のことはどこで知りましたか」

「興味があって調べているうちに、梁柱東先生が詩人でもあり詩集も出していたと知りました。この本のことは昔から知っていて、あちこちで捜していたところです」

「三年前、ネットオークションで買いました」

ユ教授の話を聞いたキム・ソンゴンが苦い表情を浮かべた。

「あの時、私も競売に参加したけれど、値段が高くて、ろくに入札もできませんでした。先生が落札なさったんですね」

「そのようです。改めて購入しようということですか」

「実は……」

キム・ソンゴンはユ教授の顔を見て溜息交じりに言った。

「当時より懐《ふところ》事情が悪化しまして」

「それはお気の毒に」

「いくら働いても稼ぎはたかが知れているんでね。それで、見物だけでもしたくて来ました」

話しぶりは落ち着いていたけれど、眼光が揺れているのを感じた。心理的に不安だったり何かを隠して別の話をしたりする時によく見られる目つきなので、ユ教授は注意して見ていた。

「今でも欲しいんですね」

「率直に申し上げますが……」

ためらっていたキム・ソンゴンが顎ひげを掻きながらユ教授と『朝鮮の脈搏』を交互に見た。

「この本を私にプレゼントしてくれる気はありませんか」

ユ教授は唐突な要求に、ちょっと笑った。

「私にとっても大事な本ですからね。どうしてプレゼントしろとおっしゃるのですか」

「知識は共有すべきです。私がこの本を手に入れたら一生懸命他の人たちに紹介して、中にある情報を世に知らせるよう努力します。それが本の本質じゃありませんか」

「人によって本の読み方が違うことは認めます。しかし、ただでくれと言うのは、いささか礼儀にはずれているように思いますがね」

「インタビューでは、プレゼントすることもあり得ると、はっきりおっしゃってたじゃありませんか」

顔をゆがめたキム・ソンゴンに、ユ教授が答えた。

「もちろんです。でも私をうまく説得できたら、という条件つきですよ。いきなりくれと言うのは、説得ではないでしょう」

ユ教授が車椅子のアームレストに腕を置いたまま言うと、キム・ソンゴンが肩をすくめた。

「すべての物には正当な所有者がいるものです。金で買ったからといって、必ずしもそれを所有する資格があるというわけではないと思います」

「お金で物を買って所有するのは昔からの人間の慣習です。私もその慣習に忠実に従うために、かなりの出費をしました」

車椅子を動かしてキム・ソンゴンに近づいたユ教授が付け加えた。

「そしてそんな慣習を破ろうとする試みについては、法的な制裁と処罰が下されることになっています」

「あなたはご自分がこの本を所有する資格があると思っているのですか」

威嚇するような質問にも、ユ教授は余裕たっぷりに答えた。

「お金を払ったし、古書に深い愛情を持っているのだから、資格は十分あると思いますが」

キム・ソンゴンは少しの間考え、顔を上げた。

「いえ、違います」

「残念ですが、これ以上お話しすることはありません」

「私に本を譲って下さい」

「お金を払うか、そうでなければ私を説得して下さい。二つのうちどちらかの条件を満たせばあの本をお譲りしましょう」

「私は口下手でして。どうやって説得すればいいのかわかりません」

ユ教授は彼を見つめた。自分を挑発しているのか、正直に話しているのかわからない。それでも追い返す前に確認しておくことがたくさんある。

「じゃあ、こうしましょう」

車椅子を後ろに引いてキム・ソンゴンが通れる空間をつくった。

「お時間のある時に、また立ち寄って下さい」

「立ち寄ってどうしろと言うのですか」

「ゆっくり話しながら私を説得するのです。いかがでしょう」

キム・ソンゴンは顎ひげを掻きながらしばらく考え、やがてうなずいた。

「わかりました。いきなり不躾《ぶしつけ》なことを言ったりして申《もう》し訳《わけ》ありませんでした」

「わかりますよ。私も古書を買いたいのにお金がなくて一晩中悩んだことが何度もありましたから」

キム・ソンゴンは簡単に挨拶をすると、背を向けて外に出ていった。入ってきた時の、何かためらっているような感じは消えていた。目的を達成したからか、あるいはもう隠す必要がなくなったからなのかはわからない。ユ教授はその後ろ姿を黙って見送った。

十番の客、チョ・セジュンが書店の前に到着した。ユ教授は、彼が申し込みフォームに記入した内容を見た時からいろいろな疑問を感じていた。ユーチューバー兼作家だと書いてあったけれど、どこか不自然で、いろいろなことを隠しているような気がする。本にはあまり興味がないらしく、特別に見たい古書もないから推薦してほしいと書いてあった。フレームレスの眼鏡をかけ、ダメージジーンズにサンダル履きの彼は、スマホをつけたジンバルを手にしていた。ユ教授がインターホンを通じて言った。

「撮影禁止だと言ったはずですが」

「僕のユーチューブは再生回数が多いんですけど……」

未練がましく言う彼に、ユ教授がきっぱり告げた。

「駄目です。スマホをジンバルからはずしてポケットに入れて下さい」

残念そうな顔でチョ・セジュンがスマホをはずし、ポケットに入れた。それを見たユ教授がボタンを押してガラスのドアを開けると、チョ・セジュンは店に入って中を見回した。背丈《せたけ》はハンターと同じぐらいだから可能性はあるが、当時のハンターよりややがっしりしていて肩幅も広いので何とも言えない。ユ教授は車椅子で彼に近づいて話しかけた。

「記憶書店にようこそおいで下さいました。ユ・ミョンウです」

「チョ・セジュンです。作家で、ユーチューブもやっています」

「チャンネルの名前は？」

「〈チョ・セジュンの本と犯罪の話〉です。ずっとうまくいかなかったんですが、華《ファ》城《ソン》連続殺人事件【映画「殺人の追憶」のモチーフとなった連続殺人事件。十人の犠牲者が出た。二〇一九年に李《イ》春在《チュンジェ》が真犯人であると判明した】を扱ってからは再生回数が増えています」

「推理小説をお書きになるんですか」

「いろいろ書きますが、犯罪には関心があります」

「二つの仕事を同時にやるのは大変でしょう」

チョ・セジュンは首を傾げ、曖昧《あいまい》に笑った。

「ずっと前から本は売れなくなっていますからね。もちろん、先生のお書きになったものはよく売れるだろうけど、それは例外ですよ」

ユ教授はしばらくチョ・セジュンが話す様子を見ていた。集中力に欠けているのか、片時もじっとしていられないようだ。見たところ三十代前半なので、年齢からすればハンターではない可能性が高い。申し込む時には名前と目的、携帯電話の番号以外の個人情報は記入しないから判断するのは難しいが、何より古書をあまり好きではないように見えるのが怪しい。自分がハンターであることを隠すために、わざとそんな振りをしているのかもしれない。ユ教授は黙って彼を見つめた。だがチョ・セジュンはそんな視線にまったく気づいていないのか、焦ったように手をズボンにこすりつけながら書店の中をうろうろした。ユ教授が尋ねた。

「特にお探しの本はないということでしたね」

「まあ、本にあまり愛着はないんで。正直なところ、古くて変色して臭いもするような本に何百万ウォンも何千万ウォンも出すなんて理解できません」

「作家というから本がお好きかと思いましたが」

「実は……」

少しためらい、ぎこちなく笑った。

「書くのが好きなだけで、本が好きということではないんです。最近は動画の撮影と編集で手いっぱいです」

「そういうこともあるでしょう。では、私が本を推薦しましょうか」

「どうせなら安いのをお願いします」

「こちらにどうぞ」

ユ教授は車椅子で左側の書架の後ろに向かった。そこにはガラスの扉はついていないものの、かなり大量の本が並んでいた。車椅子を横に回して書架に近づいたユ教授は本を一つ一つ指差すと、その中の一冊を手に取った。

「作家だからこの本が合いそうですね」

首を傾げながら本を受け取ったチョ・セジュンは、眼鏡を真っすぐにして裏表紙を見た。

「表紙は逆側です」

「漢字はあまり得意じゃなくて。〈文學《ぶんがく》〉はわかりますが」

ユ教授に言われて本をひっくり返したチョ・セジュンがつぶやいた。

「こっちが表紙?」

「昔の本は右から左に向かって読んだんです。横書きではなく縦書きでした」

ユ教授の説明を聞いたチョ・セジュンは本を開き、驚いた表情をした。

「わ、ほんとだ」

「この本は月刊文學社から出ていた月刊雑誌『文學』創刊号です。発行されたのは一九六六年五月です」

「なんと、五十年以上も前ですね」

チョ・セジュンは説明を聞いて感嘆する表情をしたが、大して興味もなさそうだ。彼の心中を探りながら、ユ教授が説明を付け加えた。

「この本には、『広場』で知られる崔仁勲《チェイヌン》の作品『西遊記』を始め、青鹿派《チョンノクパ》を代表する詩人朴木月《パクモグォル》などの作品が掲載されています。そして、高血圧で倒れてから長期間絶筆していた許允碩《ホユンソク》が『釣り師と雁《かり》』という短篇《たんぺん》をここに発表して文壇にカムバックしました」

「ああ、『文學』という名にふさわしく、文学史で重要な位置を占めているんですね」

気乗りしない顔からすると、ちっとも値打ちがわからないらしい。ユ教授はチョ・セジュンから本を受け取って元の所に並べた。その時になってチョ・セジュンが聞いた。

「あの本はおいくらですか」

「三十万ウォンです」

「え、どうしてそんなに高いんです」

「創刊号であり、崔仁勲と朴木月の作品が掲載されているからです」

微笑を浮かべて答えたユ教授が、書架を見ながら付け加えた。

「他の本をお見せしましょうか」

「いえ、結構です」

きっぱり言ったチョ・セジュンは不安そうな顔で辺りを見回していた。気配に気づいたユ教授は車椅子をそっと後ろに退いた。

「わざわざ予約して来られたのに、本に興味がないとは変ですね」

するとチョ・セジュンは少し躊躇《ちゅうちょ》した後にユ教授にぐっと近づいた。ユ教授が驚いて目を剝くと、チョ・セジュンはおそるおそる口を開いた。

「実のところ僕は、先生に興味があるんです」

「どういうことです」

「僕と一緒に本を出しませんか。共著で」

予想外の提案をされたユ教授は、何も言えずに相手の顔を見つめた。チョ・セジュンが焦った。

「ほんとは印税を五分五分にしないといけないけれど、僕が少し譲歩しても構いません」

「どんな本を書こうというのです」

「何でも。古書に関したことでもいいし」

「当面、本を書く計画はありません。面白そうな提案ですが、辞退しないといけないようですね」

「実は、十五年前に起こった、例の事件について知りたいんです。迷宮入りした事件について書いているのでね。僕のロールモデルはトルーマン・カポーティなんです」

ユ教授はチョ・セジュンの話に顔をこわばらせた。自分にとっては記憶に鮮やかな悲劇である事件を、単に本の素材としか考えていないということが信じられない。だがチョ・セジュンはユ教授が自分の話に関心を持ったと思ったのか、早口で喋《しゃべ》りだした。

「警察の初動捜査の失敗で犯人を逃した代表的な事例でした。読者は絶対興味を持つはずです」

話が長引きそうなので、ユ教授はきっぱりと言った。

「私は興味がありません」

ユ教授の反応が尋常ではないと思ったのか、チョ・セジュンはすぐに話を変えた。

「いや、今すぐというわけではないんで、考えが変わったら連絡して下さい」

チョ・セジュンは適当にごまかして、挨拶をして出ていった。ドアが閉まり彼の姿が消えると、ユ教授は我慢していた溜息をついた。頭が痛い。出し抜けに家族のことが思い浮かんだからだ。当時のことがまるで昨日のことのように思える。自分のせいだ。家族にもっと優しく話すこともできたはずなのに、怒りに任せて声を荒らげた。車をどけてくれるよう丁重に頼むか、あるいは妻の言うとおりに別の道に入っていたら家族は無事だっただろう。そんな思いが頭を占領していた。耐えがたい記憶のせいで頭痛がする。ユ教授はカウンターに戻って呼び出しボタンを押した。自分が席を空けたり休んだりする時に備えて採用した職員が二階で待機しているのだ。しばらくすると階段を下りる足音がして職員が現れた。ガラスのドアを開けたユ教授が、入ってきた職員に言った。

「ちょっと休むから代わってくれ」

「わかりました」

ユ教授はカウンターに入る職員と入れ替わりに書店を出た。二階に上がる階段の横に小さなエレベーターがある。最初はなかったけれど建物を買ってから設置した。車椅子でバックして近づくとセンサーが作動し、ドアが開いた。中に入ったユ教授は低い位置にあるボタンを押して二階に向かった。二階の廊下に出て一番手前の部屋に入ったユ教授はドアの横にある簡易ベッドに身を横たえ、片手で目を覆って呼吸を整えながら落ち着こうと努力した。三十分後に次の予約客が来ることになっている。申し込みフォームを見て気になる点があれば、さっきのように直接会って話をする。その中に十五年前の殺人犯がいるかもしれないからだ。しばらくするとまた車椅子に乗り、エレベーターで書店に下りた。カウンターで本を読んでいた職員が顔を上げた。

「もういいんですか」

「ちょっと横になったら、楽になった。二階で休みなさい」

本を閉じた職員が一礼して後ろのドアから出ていった。再びカウンターに車椅子を入れたユ教授は息を整えて次の客を待った。少しすると、インターホンの音がした。モニターを見たユ教授は、ドアを開けるボタンを押した。

十九番の客も、いろいろな点で変わっていた。見た目は特にどうと言うことはない。顔がぽっちゃりして、首回りがきつそうな厚いシャツを着ていた。やはり本にはあまり興味を見せず、ずっと周りを見回している。たっぷり肉のついた頬や顎の無精ひげが目につく。本よりも書店内部やユ教授を観察するのに多くの時間を費やしているようだ。年は三十代後半から四十代前半に見えるから、ひとまずハンターの可能性はある。全体的に太っていて、十五年前の痩《や》せたナイフのようなハンターのイメージはないが、長い歳月が外見を変化させたのかもしれない。そう思っていた時、ふと、歩き方がハンターに似ていることに気づいた。少しがに股《また》気味なのが、驚くほど似ている。疑いの目で見ていると、男は突然ズボンのポケットに手を入れた。ユ教授は緊張した。しかしポケットから出てきたのは棒付きキャンディーだった。男はかさこそと音を立てて包装紙を剝くと飴《あめ》をくわえて教授を見つめ、気まずそうに笑った。ユ教授が近づくと、男はしょげた顔で頭を搔いた。

「テレビではいつも拝見していましたが、こうして先生に直接お会いできて光栄です」

「ご来店いただきありがとうございます。お名前は？」

「キム・セビョクです。夜明け頃に生まれたからそう名付けたと母が言ってました」【セビョクは〈夜明け〉を意味する固有語】

キム・セビョクは人の良さそうな顔で笑い、店内をひと巡りした。息遣いが少し荒いのは呼吸器が良くないのだろう。

「素敵な書店ですねえ」

「私の最後の職場ですから」

「正直、本当に書店を開くとは思いませんでした」

「私は約束を守る人間です」

ちょっと気を悪くしたユ教授の声が大きくなった。しかし鈍感なのか、キム・セビョクは相変わらず笑いながら店内をあちこち見ていた。痺《しび》れを切らしたユ教授は、単刀直入に言った。

「どんな本をお探しですか」

「特にありません。ただ見に来ただけです。実際、お金もないし」

さらに大きな声で笑うキム・セビョクを見て、ユ教授は混乱した。古書を専門に扱い、予約しないと訪問できないこの書店に来る客はたいてい、懐事情がどうであれ本に愛情や知識を持っていた。少なくとも自分の好きな本については語った。しかしキム・セビョクは見物しに来ただけだと言うから、どうにも怪しい。もしハンターが変装して来店したなら、やはり本に興味がない振りをするだろう。ユ教授の疑念を多少は感じ取ったのか、キム・セビョクの表情が少し硬くなった。

「あの、適当な本があれば推薦して下さい」

そして素早く付け加えた。

「安いのを」

キム・セビョクの話を聞いたユ教授はちょっと悩み、車椅子の車輪を押してカウンター近くの書架に向かった。そこに並んでいる古書のうち一冊を手に取ってキム・セビョクに渡した。おかっぱ頭の女性が澄まし顔をしている表紙の絵を見たキム・セビョクは、値札を確認しようとしているのか、本をひっくり返してあちこち見ていた。そしてタイトルを見てつぶやいた。

「『アリラン』？　羅雲奎《ナウンギュ》【一九〇二～一九三七。俳優、映画監督。自ら脚本を書き監督、主役を務めた抗日映画「アリラン」は特に名高い】の映画が小説として刊行されたことがあったんですか？」

「映画『アリラン』をご存じなのですね」

「いろんなものに興味がありまして」

話の最後を笑いで終えたキム・セビョクが荒っぽく本のページをめくった。それを見たユ教授は空咳をした後、説明を始めた。

「これは戦後人気があった月刊雑誌『アリラン』の臨時増刊号で、出版社三中堂《サムジュンダン》の社長がアリラン社の名で出したものです」

「その雑誌は、そんなによく売れたんですか」

「一九五五年八月の創刊号は三万部ほど売れたそうです。それ以後も販売部数が少しずつ増えて、いっときは八万部にまでなりました」

「すごいですね」

目を丸くしたキム・セビョクは再び本を開いてたどたどしく目次を読んだ。息遣いがさっきより荒くなったのがわかる。

「『人間の條件』？」

「五味川純平という日本の作家の反戦小説です。一九五五年に日本で発表され、後に映画化されて好評を博しました」

「その頃も、日本の小説がわが国に紹介されてたんですね」

本を閉じたキム・セビョクの問いに、ユ教授は本を返してくれという身ぶりをしながら答えた。

「つてを頼って紹介されたのです。『アリラン』臨時増刊号の副題は、現代日本代表作家二十人集ですから」

「不思議ですねえ」

そうは言うものの、目つきからしても身ぶりからしても興味があるようには見えない。それに値段すら聞こうとしないからユ教授は興味といら立ちを同時に覚えた。

「本以外の目的を持って来られたのですかな」

「ただ、ちょっと気になったので。実を言うと、私は本にはあまり興味がないんです」

「それなのにわざわざ予約までして来店されたんですか」

なぜだと聞きはしなかったけれど答えが聞きたいと目で催促した。突然、右手を狂ったように掻きむしっていたキム・セビョクが、その手をズボンにこすりつけながら答えた。

「私は好奇心が旺盛《おうせい》なんで。もちろんそんな人間はお気に召さないでしょう。でも世の中には本以外にも関心を持つべきものがたくさんありますから」

「ここに来られた理由が気になりますね」

「先生にお目にかかりたかったんです。直接」

キム・セビョクの返答に、ユ教授は少し緊張した。

「どうして」

「私もフランスに留学していました。ほんの短い期間ですが」

「へえ。どこに行かれたんですか」

「パリです。正式な留学ではなく語学研修院に通いました。本当は行きたくなかったんですが、母がうるさく言うので」

キム・セビョクは最後まで言わず言葉を濁してしまった。何かコンプレックスがあるような感じだ。ハンターには似合わない。しかし十五年は、人が変わるのに十分な時間だ。

「母はいつもユ先生のような人になりなさいと言っていました。つらくても困難にぶつかっても諦めてはいけない、常に自信を持って行動すべきだと。お前にはそれが欠けていると」

事情がありそうだったけれどそれ以上尋ねることもためらわれた。話が全然違う方向に逸《そ》れてしまうかもしれないし、そもそも興味があるのはキム・セビョクという人物が十五年前に自分の家族を殺したハンターであるかどうかという一点だけなのだ。理屈に合わないことを話しているキム・セビョクの姿が、いよいよ怪しく思えてきた。何も知らない振りをして興味がないと言ったけれど、そんなことはいくらでも嘘《うそ》をつける。その程度は予測できた。ハンターが馬鹿でない限り、本に対する異常な執着を表面に出すはずはない。キム・セビョクはユ教授の視線がうっとうしく思えたのか、そっと顔をそらした。

「本を見せていただいてありがとうございました」

背を向けて出ていこうとする彼に、ユ教授が話しかけた。

「これからも時々遊びに来て下さい」

「本はあまり好きではないので。また来るかどうかはわかりません」

力なく笑うキム・セビョクの顔に、得体の知れない喜びが浮かんでいた。ユ教授は車椅子を動かして彼に近づいた。

「世のすべてのことには最初というものがあるんです。この次は予約なしで来られても構いません」

「来たら何か面白いことがありますか」

普通は礼を言うものだが、キム・セビョクは爪《つめ》を嚙みながら不安と焦りを露わにした。そんな姿をいっそう怪しみながらも、ユ教授は両手を広げて歓迎の身ぶりをした。

「興味を持てるような話をして差し上げますよ。本もお見せします」

「わかりました」

案外、素直に答えたキム・セビョクが入り口をちらりと見た。ユ教授はお気をつけてと挨拶をすると、カウンターの方に車椅子を向けた。

キム・セビョクが曖昧に挨拶して去った後、ユ教授は二十番の客を待った。珍しいことに子供を連れて来るという。十分後、約束時間になると背が高く快活そうな四十代前半の男と、人見知りで気が弱そうに見える五、六歳の男の子が記憶書店のドアの前に現れた。ユ教授がボタンを押してドアを開け、車椅子でカウンターの外に出て迎えると、白いズボンをはいた父親が明るく笑いながら子供を見下ろした。黄色いシャツにサスペンダー付きのズボンをはいた子供は、ひどく気後れしたような顔でユ教授を見た。父親はそんな息子の手を引いてユ教授に近づいた。

「ヨンジュン、大人の人に会ったら挨拶しなさいとアッパ【父ちゃん、パパという意味の、やや子供っぽい言葉】が教えただろ？」

「あ、はい」

口ごもりながら挨拶したヨンジュンが気まずそうに頭を下げると父親は大きな声で笑った。

「まだ小さいのでね」

「そういうこともあるでしょう。ようこそ記憶書店にお越し下さいました」

「本当に書店を開かれたんですね。あ、私はオ・ヒョンシクと申します。五《オ》兄弟《ヒョンジェ》ではなく、オ・ヒョンシクです」

つまらない冗談を言ってやたらに笑う。ユ教授は微笑しながらも、内心ではさっきの客とキャラクターが似ていると心の中でつぶやいた。それでも、とにかく相手は客だから笑顔で応じた。

「ずいぶん前から準備していました。テレビ出演は性に合わないのでね」

「そうでしたか。先生が初めてテレビに出演なさった頃からファンでした。『本の共和国』という番組でしたっけ」

番組名は違っていたけれど、それ以上話題にしたくないので、適当にうなずいた。そうして挨拶を終えたオ・ヒョンシクは本が展示されている壁の方を何となく眺めていた。子供はもう疲れて退屈した顔だったから、子供が来たいと言い出したのでないことははっきりした。軽く咳ばらいをしたユ教授はオ・ヒョンシクに尋ねた。

「どんな本を見に来られたのですか」

オ・ヒョンシクは、疲れた顔で立っている息子を見下ろした。

「子供と一緒に見るような古書があるでしょうか」

「息子さんは本がお好きですか」

ユ教授の奇襲に、オ・ヒョンシクがぎくりとした。

「も、もちろんです」

父親の視線が向けられると、うつむいていたヨンジュンが反射的に言った。

「す、好きです」

ユ教授は、ヨンジュンの目が風変わりな恐怖を宿していることに気づいて首を傾げた。子供が親を怖《おそ》れるとすれば、たいてい小言を言われたり叱られたりするのが原因だ。しかしヨンジュンの目には、それとは別の恐怖が読み取れる。ユ教授は自分が何かを察したことを悟られないよう、すばやくオ・ヒョンシクに話しかけた。

「子供は本よりもゲームやインターネットの方が好きですからねえ。私が本を一冊推薦して差し上げましょうか」

「そうしていただければ光栄です」

「子供の好きそうな本か……」

車椅子で子供に近寄ったユ教授が優しく言った。

「マンガの本は好きかな」

子供は答える代わりに父親の顔色を窺った。ユ教授が大丈夫だよという顔で手を伸ばすと、驚いて父親の後ろに隠れた。それを見たオ・ヒョンシクが苦笑した。

「おやおや、今日はいったいどうした？」

子供は完全に父親の背後に隠れて怯えていた。オ・ヒョンシクは子供を荒っぽく前に押し出した。

「有名な方の前で、その真似は何だ」

場が一瞬にして白《しら》け、子供が今にも泣きそうな顔をしたので、オ・ヒョンシクは目を剝いて泣くなと叱った。子供は涙をこらえた。ユ教授は驚いてオ・ヒョンシクを見た。オ・ヒョンシクが豪快に笑った。

「この子は人見知りをするけれど親の言いつけにはよく従うんです。最近の子には珍しく、いい子ですよ」

オ・ヒョンシクの話を聞いたユ教授は、もしハンターに子供ができればこんなふうに支配するだろうと思った。だがもう少し観察するため、疑念を隠してひとまず本を紹介することにした。車椅子を壁際に寄せたユ教授は、おずおずと近づいたヨンジュンに、本を指さして言った。

「マンガの本は好きかな」

ヨンジュンは曖昧にうなずき、背後に立っている父親を見た。ユ教授はそれを気にかけながらも、軽く咳をすると、本を取って子供に見せた。緑色の服を着て黒いブーツを履き、白い頭巾《ずきん》と黒いアイマスクをつけた主人公が海を背にして立っているマンガ本の表紙を見て、子供がようやく口を開いた。

「バットマンみたい」

「実際にバットマンの影響を受けたらしくて、バットマンがちょい役で登場するんだよ」

「ほんと?」

目を輝かせたヨンジュンにユ教授が笑いながら言った。

「主人公が頭にかぶっている白い頭巾に〈ㄹ《リウル》〉【英語のRまたはLに相当する子音を表すハングル】が書いてあるだろう?」

「うん」

「主人公の名前が〈ライパイ(라이파이)〉なんだ。タイトルは『十字星の神秘とライパイ』っていうんだよ」

「じゃあ、スーパーヒーローなの?」

「そうだ。わが国のマンガに初めて登場したスーパーヒーローだと言える。遠い未来の話で、主人公ライパイは両親を亡くして科学者に育てられたんだが、その科学者まで世界征服を狙う悪党集団Z団の手にかかって殺されてしまったので、復讐を決心して太白山《テベクサン》の秘密基地に武器や装備を集めて敵と戦うんだ」

「わあ、かっこいい」

ヨンジュンが目を輝かせると、ユ教授はマンガの本を開いて見せた。

「空を飛ぶためのジェットパックという装置やレーザー光線銃なんかが出てくる。ライパイは世界一速い〈ツバメ号〉という飛行機に乗って移動したりもするんだ」

ヨンジュンがユ教授の説明に聞き入っているのを見て、オ・ヒョンシクが口を挟んだ。

「かなり古そうですが、いつ出たものですか」

「一九五九年に始まったシリーズで、全部で四部三十二巻出ました」

「ずいぶん古いですね」

「その当時、こんなマンガの本が出たこと自体、奇跡のようなものです。作者金珊《キムサン》瑚《ホ》はアメリカに移民し、それ以後はライパイのようなSFマンガは出なくなりました」

「マンガというより文化財ですね」

「二〇〇三年頃、富川マンガ情報センター【現、韓国漫画映像振興院】がシリーズの一部を復刻しましたが、それも千部ほどだったからなかなか手に入りません」

「これはオリジナルだからもっと貴重ですね」

ユ教授はオ・ヒョンシクの言葉にうなずき、本を見ながら答えた。

「一九七〇年代から八〇年代頃まではマンガが有害図書だと思われていたために、子供の日になるとよくマンガの本が燃やされました。だから、人気が高かったわりにはシリーズ全体で十巻ほどしか残っていないんです」

「うわあ。さぞかし値段も高いでしょうね」

困り顔をするオ・ヒョンシクにユ教授は少し間を置き、黙って立っているヨンジュンを見た。

「こうしたらどうでしょう。これから時々来て私と話をして下さい。そうすれば私が判断して合理的だと思われる値段でこの本をお譲りします」

「わかりました。家が近くだからしょっちゅう来られると思います」

オ・ヒョンシクが興味深げな顔で答え、子供を見下ろした。父の視線を受けて反射的にぎくっとしたヨンジュンがうなずいた。それを見たオ・ヒョンシクは、子供のうなじを手でつかんで言った。

「口で言えと言っただろ。どうして子犬みたいにひょこひょこ頭を下げる」

「わかりました」

子供の答えを聞いたオ・ヒョンシクが、つかんでいた手を離して言った。

「子供に目をかけて下さってありがとうございます。人見知りですがよく勉強するし、言うことをよく聞く子なんです」

「そのようですね」

その後もオ・ヒョンシクはヨンジュンを自慢した。だがユ教授はヨンジュンの眼光が波のように揺れていることに気づいた。話し終えたオ・ヒョンシクは優しく子供の頭を撫でて、帰ろうと言った。機械のように挨拶したヨンジュンに、ユ教授は、気をつけて帰りなさいと言い、オ・ヒョンシクとも挨拶を交わした。親子が仲良さそうに出ていくと、ユ教授はカウンターに行って防犯カメラのモニターを見た。入り口付近だけでなく周辺をくまなく見られるように設置したから、記憶書店を出たオ・ヒョンシクと子供はすぐに見つかった。オ・ヒョンシクは建物横の狭い駐車場に子供を連れていった。後ろと横に塀があって周りからはよく見えない場所だ。オ・ヒョンシクは腰に手を当てた。顔を深く伏せたヨンジュンの手が震えている。ヨンジュンと向かい合っているオ・ヒョンシクはカメラを背にしているので顔が見えない。オ・ヒョンシクは何か言うと、右手で子供の首を強く殴った。

(なんてことだ)

見ていたユ教授がぎょっとするほど強く殴った父親は、怒りが治まらないのか、足を踏み鳴らした。するとヨンジュンが膝をつき、両手を合わせて許しを乞《こ》うた。

(今時、あんな親がいるとは)

首を傾げたユ教授は警察に通報しようとスマホを手にし、すぐにやめた。

(ひょっとして、ハンターか?)

十五年あれば結婚して家庭を持っていてもおかしくない。突拍子もない考えだと思って苦笑いしたけれど、やはり疑わしい。

(周りの人を統制しようとする強圧的な姿は、まさにハンターそのものではあるな)

平気で人を殺す人間が家庭を持つというのが理解できなかったけれど、容疑を免れるためなら、あり得ないことではない。

(それに、本には興味がなさそうな振りをしていたのにライパイをじっと見ていた)

本に対する狂的な執着を隠そうと無関心を装いながら、思わず口を挟んだのかもしれないし、ろくに返事ができない子供にいら立つのも、やはり本に対する執着の表れであるかもしれない。ユ教授がそんなことを考えながら見ていると、オ・ヒョンシクがヨンジュンの頬を殴りつけた。それでも怒りが治まらないらしく、殴られてから立ち上がった子供を何度か足で蹴った。倒れた子供に手を振り上げたオ・ヒョンシクが、立てと言ったのだろう。ヨンジュンがまた立ち上がった。するとようやく落ち着いたのか、オ・ヒョンシクはヨンジュンの頭を撫でた。そしてポケットに手を突っ込んで大通りに出て、周囲を見回した。ヨンジュンは涙を拭《ふ》いて父親の顔色を窺いながらついていった。二人が建物の角に設置した防犯カメラの向こうに消えるのを見たユ教授は、手にしていたスマホを荒っぽくカウンターに置いた。

4 過去

ハンターは夢で過去に戻った。ハンターとして目覚めた日に。彼はひどく不遇な子供時代を過ごした。幼い時に母を亡くし、父は酒と古書収集にのみ執着していた。祖母が面倒を見てくれていたけれど、中学の時にその祖母まで亡くなると彼は完全に孤独になった。父は家に帰っても古書を見ているだけで子供には無関心だった。彼は独りでいるのがいやで、裏山に登って虫や鳥を捕まえ羽をむしったり腹を裂いたりしていた。そして捕まえた蛾やトンボを父の本に挟んでおいた。父の関心を引くためだ。だが父はそれを見ると烈火のごとく怒り、拳やベルトで殴った。

「このガキ！　本の鬼神に天罰を下されるぞ！」

「これは生贄《いけにえ》だよ。本の鬼神に捧《ささ》げるための」

それは気を引くための嘘だったけれど、父はいっそう怒った。

「お前に本のことがわかるものか」

『失われた真珠』は父が最も大切にしていた本であり、彼が最初の生贄として美しい蛾を捧げた本だった。父は、蛾を剝がせば本が傷つくかもしれないと言ってそのままにした。もう少し大きくなると野良犬や猫を捕まえて殺した。最初はナイフと金槌を併用したけれど、後には金槌だけを使った。頭が砕けて鮮血が飛び散り、もがきながら死んでゆく動物を見て気づいた。死が魅力的で甘美であることに。そんなある日、父が酒に酔っぱらって家に帰ってきて怒り狂った。

「お前のせいで本が売れなかったじゃないか」

古書店に本を売りに行ったのに、ハンターが挟んでおいた蛾のせいで無駄足になったのだ。ハンターが成長し父が老いると、もう殴られることはなくなったけれど、暴言は相変わらず続いていた。それでもハンターは父が宝物のようにしていた『失われた真珠』を売ろうとしたことにショックを受けた。

「どうしてあの本を売ろうとしたんだ。本の鬼神に罰《ばち》を当てられたらどうするんだよ」

「鬼神なんかいるもんか。この馬鹿」

父は彼が何年間も信じてきたことを嘲笑《ちょうしょう》すると、奥の部屋に入った。そして『失われた真珠』を本棚に戻そうとした時、バランスを崩してよろけた。つかまった本棚は、父の体重に耐えられずに倒れた。

「あっ!」

倒れた本棚と背後にあった本棚の間に挟まれた父は苦痛を訴えた。

「た、助けてくれ。俺を引っ張り出してくれ」

だが裏切られてショックを受けていたハンターは父の訴えを無視して叫んだ。

「なんであの本を売ったりできるんだよ。大事な本なのに」

「すまん。もう売らない。約束する」

父は哀願《あいがん》したけれどハンターは冷たい目で見て、静かに部屋のドアを閉めた。

「行かないでくれ」

彼はドアの前にしゃがみこんで夜明けまで苦痛に満ちた呻きを聞いていた。人の生命が消える時に発せられる声を聞くのは、このうえもない快感だった。そうして父が死に、保険金をもらって家を処分すると、暮らしもちょっと楽になった。父の残した古書は相当な量だったけれど、売りたいとは思わなかった。その時、ハンターは気づいた。自分も父のように本を愛していることを。そうして数ヵ月過ぎた。その間に殺人に対する欲求はいっそう強烈になった。誰を殺すか迷った彼は、ある人物に思い至った。父がよく古書を売り買いしていた仁寺洞の古書店の主人だ。父はよく、あいつは本の値打ちを知らないと愚痴《ぐち》をこぼしていた。『失われた真珠』を買いかけて結局、断ったのもそいつだ。幸い父の残した手帳には古書を売り買いしたと思われる仁寺洞の書店の名前と電話番号、店主の名前が記されていた。そのうち一ヵ所にアンダーラインと星印がついていて、横に小さく「詐欺師《さぎし》みたいな奴」と書いてあった。酔って書き殴ったような字を見ながら、ハンターは最初の獲物を決めた。

「コ・ジョンウクさん、近いうちに会いましょう」

翌日、ハンターは公衆電話でコ・ジョンウクの店に電話をかけた。そして父の残した古書のうち『失われた真珠』を売りたいと言った。彼が最初に生贄を捧げた本だ。どのみち実際に売り渡すつもりはない。

「いつ出版された本ですか」

「一九二四年に平文館から出た物です。金素月についても書かれています」

「状態はどうですか」

「表紙がない以外は良好です。文字も読み取れます」

相手は少しためらったあげく、いくらで売りたいかと聞いた。父のやっていることを見ているうちに、いつの間にか古書に関する知識を蓄《たくわ》えていたハンターは、五百万ウォンと言ってみた。コ・ジョンウクは、高い、三百万ウォンでどうだと言ったが、何度か電話で話した末に四百万ウォンで合意した。店に来いと言う彼に、家が遠いから新村で会おうと提案すると、コ・ジョンウクはぶつぶつ言いながらも承諾《しょうだく》した。カフェで会う約束をして、ハンターは本とレンチをカバンに入れた。家に転がっていた小さなナイフも一本持った。約束のカフェに入って少し待つと黒いSM5が到着し、車を降りた男が入ってきて店内を見回した。コ・ジョンウクだと直感したハンターは、知り合いにするように手を上げて合図をした。パーマ頭の、鼻の赤い男はゆったりと歩いてきて言った。

「思ったより若いな」

「父のお使いです。父が病気になったんで治療費が必要なんです」

「それは気の毒に。本を見せてくれ」

向かいに座ったコ・ジョンウクは足を組んだまま手を出した。ハンターは横に置いてあったカバンから『失われた真珠』を出した。レンチが一緒に出てきてしまったけれど、幸いコ・ジョンウクは店の人にコーヒーを注文していて気づかなかった。本を手にしたコ・ジョンウクはひっくり返してあちこちを見ていた。その間に注文したコーヒーが出てきたのに、コ・ジョンウクは目もくれなかった。

実際に会って本を見た途端、コ・ジョンウクはケチをつけ始めた。

「変色がひどいな。扉にも落書きがあるし。ここに油の染《し》みみたいなのがあるのに、どうして言わなかったんだ」

だが考えごとをしていたハンターはおとなしく、すみませんとだけ言った。どのみち譲る気はない。コ・ジョンウクはさんざんケチをつけてから二百万ウォンにしろと言った。それも受け入れる振りをした。

「その代わり、現金で下さい」

「どうして」

「父の治療費と生活費がいるんです。そのために売るんですよ」

「なるほど」

腕組みをしてうなずいていたコ・ジョンウクは、近くに銀行があるから金を下ろしてくると言って立ち上がろうとした。ハンターはふと思いついたように言った。

「家にはこんな本が他にもあるんですけど」

コ・ジョンウクは興味を引かれたらしく、足を止めた。

「どれぐらい」

「十冊ほどです。族譜【家系図】も一つあります」

「どこの」

「陽川許《ヤンチョンホ》氏の族譜です。とてもいい状態です」

コ・ジョンウクはちょっと考えて言った。

「見せてもらえるかな」

「家は水原《スウォン》なんです。来たらお見せしますよ」

「水原か……」

コ・ジョンウクに断られたら計画は失敗だ。しかしハンターは欲深いコ・ジョンウクが引っかかるだろうと信じていた。予想どおりコ・ジョンウクはうなずいた。

「俺の車で一緒に行けばいいな。ちょっと待っててくれ」

彼が出ていくとハンターはカバンからレンチを出してパーカーの内ポケットに隠した。ちょっと動きにくくなったが、カバンから出して使うよりはいい。ハンターは椅子にもたれて目を閉じた。しばらくするとドアの開く音がした。目を開けると、コ・ジョンウクが銀行のロゴが入った分厚い封筒をジャンパーの内ポケットに入れるのが見えた。彼は席に着いてコーヒーを一口飲んで立ち上がった。それを見たハンターも立ち上がった。カフェの外に停めたSM5に乗ると、コ・ジョンウクが家の住所を聞いた。ハンターはシートベルトを締めながら、あらかじめ覚えておいた住所を言った。コ・ジョンウクが車を出した。


ソウルを抜けるまでハンターは何も言わずに窓の外を見ていた。退屈したコ・ジョンウクが話しかけた。

「古書収集はいつからやってるんだ」

「わかりません。子供の時から父が集めているのを見ていました」

「趣味の中でも古い物を集めるのが一番厄介だ。金はなくなるし、馬鹿呼ばわりされるし、業界は詐欺師だらけだ」

お前もその一人じゃないかと言いたかったけれど、面倒なので黙っていた。コ・ジョンウクは突然、脇道を行こうと言って国道に向かった。

「最近開通した道路だから空いてる。ちょっと回り道だが渋滞に巻き込まれるよりはましだろう」

ラジオからは張允瀞《チャンユンジョン》の〈オモナ《あらまあ》〉という流行歌が流れていた。ラジオに合わせて鼻歌を歌いながらハンドルをたたいていたコ・ジョンウクが、何か思い出したように聞いた。

「仕事は何をしているんだ」

「学校を出てからぶらぶらしてます」

適当な返事にコ・ジョンウクが反応した。

「五体満足なら働け。どうして遊んでる」

それから今時の若者についての非難が続いたが、まるで自分のことを言われているようでひどく居心地が悪かった。向き直って、やめてくれと言おうとした瞬間、パーカーの内ポケットからレンチが落ちた。音を立てて落ちた物を見てコ・ジョンウクの表情が変わった。

「おい、それは何だ」

ハンターは手を床に伸ばしてレンチを持った。そして子供の頃、野良猫を石で殴りつけたように、驚いた顔で自分を見ているコ・ジョンウクの頭を殴りつけた。ポクッという音がして血が噴《ふ》き出し、車が揺れた。助けてくれという言葉とやめろという言葉を交互に発していたコ・ジョンウクは次第に血に染まっていった。ハンドルから手が離れ、車はちょうど入ったトンネルの中で壁に衝突した。シートベルトを締めていたけれど、思ったより首に衝撃が走った。壁にぶつかったボンネットが潰れて煙が上がった。シートベルトをはずし、まずうなだれて血を流しているコ・ジョンウクのジャンパーのポケットを探った。分厚い封筒を手にしたハンターは、次に何をしようかと考えた。他の車に事故を発見される前に、必要な物を持って立ち去らなければ。だが、衝動的にやってしまったことだから戸惑った。

（何から手をつければいいんだ）

悩んでいると車内にまで煙が入ってきたので、レンチを持ち、きしむ助手席のドアを開けて急いで外に出た。そして運転席の方に回り、死体を引きずって後部座席に横たえた。本を入れたカバンも、死体の足に引っかかって後部座席の床に落ちた。ハンターは煙を上げているボンネットを開けた。いったん車を直してから現場を去ろうと思ったけれど車についての知識はあまりなく、何より煙がひどいのでよく見えなかった。どうしていいかわからないでぼんやりしていた時、クラクションの音が聞こえた。顔を上げるとトンネルの入り口前に白いニューＥＦソナタが止まっていた。

（ちくしょう）

思ったよりも早く邪魔者が現れたので恐怖よりいら立ちを覚えた。何度かクラクションを鳴らした車の運転席から男が降り、大股で歩いてきた。男は怒りに満ちた顔で手を振り上げ、車をどけろと怒鳴った。ハンターは見えないようにレンチをパーカーの内側に隠してエンジンルームを見ている振りをした。何も知らない獲物は大きな声を出しながら近づいてきた。そして運転席の横を通り過ぎる時に何かを見たらしく、足を止めた。だが逃げるにはもう遅い。ハンターは牙を剝くようにレンチを出して男に近づいた。


ハンターの夢はいつもそこで終わった。それ以後に起こった出来事が気に入らなかったからだ。

（あの時、ちゃんと始末しておけばよかった）

痩せっぽちだし、面倒だから後で片付けようと思って後部座席に押し込んでおいたのが間違いの元だった。本の入ったカバンを盾にされて躊躇《ちゅうちょ》しているうちにトラックが来てしまった。その男の車で現場を去り、ずいぶん回り道をして家に戻った後、ニュースを見て、自分がどれほど運に恵まれていたのかを知った。車に火が付いて自分の指紋や足跡がすべて消えたうえに、人通りの少ない国道だから防犯カメラがなくて追跡されなかったのだ。その日以来、ハンターはテレビドラマやさまざまな本を通して自分がどんなミスを犯したのか、どうすれば完全犯罪にできるのかを研究した。何より大切なのは、人目につかないことだ。マスコミで話題になれば警察は全力を挙げて捜査を始めるだろう。だから彼は少なくとも一年は間を空けて人を殺した。そして半地下の部屋を使うようになって以来、死体も自分で処理して痕跡《こんせき》を残さなかった。ユ・ミョンウを片付けたかったけれど、あまりにも有名になってしまったから、これまでの原則にのっとって考えればターゲットにするのは避けるべきだ。しかし危険を冒してでも接近する理由も十分にある。

（十五年前に奪われた本を取り戻さなければ）

ユ教授が経営している記憶書店を実際に訪れてもみた。ユ教授は不審を抱いたのか、自分を観察しながらあれこれ質問をしていたが、十五年前とは見た目が変わっているので判断がつかないらしかった。正体がばれていないという喜びと、いつばれるか知れないという恐れは、まるで美しい古書のページをめくるような気分にしてくれた。

（どうせ何年かはおとなしくしているつもりだから、その間、ユ教授と遊ぶのも悪くはない）

ユ教授の記憶書店はとても魅力的だった。古書特有の匂《にお》いがして、本だけが照明に浮かび上がるようなインテリアも格好良かった。もちろん『失われた真珠』を取り戻すのが最重要課題ではあるものの、当面は正体を隠して出入りするつもりだ。古い本を見るのは殺人の次に大きな喜びなのだから。そうしていて適当な機会に目的を達成するのも悪くないだろう。

(会ったのに、気づきもしないじゃないか)

ハンターは自分に疑《うたぐ》り深《ぶか》い視線を向けながらも判断をつけられないでいるユ教授の姿を間近に見て自信を持った。これからも会うと思うと気分が良くなって鼻歌を歌った。突然、窓の外から雨音が聞こえた。ドアを開けたハンターは、あっという間に暗くなった空と、落ちてくる雨粒を見た。まだ日は完全に落ちていないのに、夕立で街は真夜中のように暗くなった。その様子を見たハンターは首を傾げてつぶやいた。

「会いにいくのには絶好の天気だ」

もともと計画どおりに行動する方だが、今は気の向くまま動いてみたい。

職員が帰りの挨拶をして記憶書店を出た。彼がドアの外に出て道路に消えるのを防犯カメラで確認したユ教授がカウンターの内側にある赤いボタンを押すと、閉じたドアの前にシャッターが下りた。ドアは強化ガラスでシャッターもスチールだから、トラックでも衝突しない限り突破することはできない。彼はハンターがいつまた攻撃してくるかわからないと思い、大学とテレビ局を行き来していた時も常にボディーガードを帯同していた。幸い襲われることはなかったが、ハンターは自分が狩りに失敗したことを決して忘れはしないだろう。ユ教授はカウンターの下からノートブックコンピュータを取り出して溜息をついた。思ったより疲れている。何より、やってくる客たちの中にハンターを捜さなければならないという強迫観念のせいだ。

（だけど、それなりの成果はあった）

直接会った客のうち、ハンターかもしれない男たちを数名選び出すことができた。何日か悩みながら選んだ人物の情報を今日、リストにしてみるつもりだ。彼はワープロソフトを起動して高速でタイピングし始めた。

真っ先にリストに挙がったのは五番の木工職人キム・ソンゴンだ。梁柱東に対する愛情と本に対する関心を披瀝《ひれき》していたし、古書についての知識も相当なレベルだった。自ら木工職人を名乗りながらも、自分には本を所有する権利があると断言するほど頭がいかれていた。妻子を殺したハンターも、本に異常なほどの執着を見せていた。自分はそのおかげで助かったのだ。ユ教授は思わず溜息をついた。その時の光景が昨日のことのように甦《よみがえ》り、しばし手を止めてつぶやいた。

「ハンターがあんな調子で十五年の歳月を送ったなら、キム・ソンゴンのようになったはずだ」

キム・ソンゴンがハンターだろうか、と入力したユ教授はクエスチョンマークをつけ、すぐに消した。ハンターも馬鹿ではない限り、記憶書店が自分のために仕掛けられた罠であることに気づくだろう。それなら誰もが想像するような姿で登場したりはしないはずだ。もちろん偽装したり芝居をしたりする可能性も考えたが、まったく見当がつかない。木工職人を自称するキム・ソンゴンについての情報を整理し、最後に自分の複雑な心境を付け加えた。

（彼は果たしてハンターの顔そのままで現れたのだろうか。あるいは仮面をつけて現れたのだろうか）

恐怖と混乱の入り交じった息を吐《は》き、ユ教授は次の容疑者に取りかかった。


（十番、チョ・セジュン）

頭のネジが一本はずれたような感じで、年もやや若すぎるように見えるからハンターではない可能性が高そうだ。しかし共著を出そうと言ったことや、過度に散漫に見えた点が怪しい。サイコパスが凡人を装っているようにも感じられる。

（ただ好奇心が旺盛なだけか。あるいはハンターか）

本にあまり興味を見せなかったのも、わざと隠しているように思えた。しかし単に有名になりたがっているだけの人間かもしれない。ユ教授の人気を利用しようとする人間は、昔から少なくなかった。

十九番キム・セビョクは、いろいろな点で曖昧模糊《あいまいもこ》とした人物だった。本に興味がなさそうにふるまい、興味がないとはっきり口にも出していたけれど、本心なのか判断がつかない。前の二人がある程度ハンターらしい要素を持っているとするなら、キム・セビョクはそんな要素があるのかどうかすら判断できない。それなのに彼をリストに入れたのは、得体の知れない闇を見ている感じがしたからだ。ふてぶてしい様子は、普段からそうなのか、あるいは内面にある何かを隠すための仮面なのか。口数が多いのも、みすぼらしい身なりや小太りの体つきも、どこか不自然な感じがした。ひょっとして疑われないためのカモフラージュではないかと思ってハンター候補の一人にした。そして最後の言葉を付け加えた。

(彼の姿や身ぶりは仮面だろうか。あるいは真実か)

最後は二十番オ・ヒョンシクだ。ハンターが家庭を持ち子供がいるだろうと想像したことはなかったけれど、オ・ヒョンシクは子供を暴力で支配していた。機嫌が悪いというだけで人を殺すことも辞さないハンターなら、家族にもそんなふうに接している可能性が高い。やはり本にはあまり関心がなさそうだったが知識が豊富なように見えたことも、ハンターである可能性をいくらか感じさせた。ユ教授は悩んだ末、オ・ヒョンシクについての文章の最後に、ずっと考えていた疑問を記した。

（ハンターは家庭を持っただろうか）

溜息をついてモニターを見ていたユ教授は、キーボードから手を離して考え込んだ。

他の訪問客のうち、容疑者として浮かんだ人間はすべてリストに挙げたけれど、この四人が最も目立つ。点滅するカーソルをじっと見ていたユ教授は、痛くなってきた目をじっとつぶった。

（それでも、やっとここまで来た）

妻子が世を去ってからの十五年の歳月が目の前をよぎった。必死で専任教員の座を射止めると、人脈をたどってテレビに出始めた。無視されたりからかわれたりしても気にせず、チャンスがあれば人前に出た。大学では総長の犬と言われながら教授にまで出世した。家族を殺したハンターがテレビをつけさえすれば自分を見ることができるように。

（すべて今日のためにしてきたことだ。果たして成功するか失敗するか）

心の片隅では、ハンターは既に書店を訪れたと信じていた。彼らの中からハンターを見つけなければならない。

（漠然としているが、十五年前よりはましだ）

深い息をつき、両手で顔を覆った。最近、どうも疲れやすい。もう若くはないと思うと焦りを感じた。作業を終えようとした瞬間、記憶書店のドアの前に誰かが近づいたことを知らせるランプが点滅した。

（何だろう）

ユ教授が書店周辺の様子を映す防犯カメラのモニターを見ると、分割された小さな画面は、ほとんどが暗かった。

（故障したかな）

暗くなれば防犯カメラと一緒に設置した小さなライトが自動で点灯するから多少は見えなくもないが、画面はまるで真夜中のようだ。不思議に思ったけれど、外から聞こえてくる音でようやく原因を知った。

（雨が降ってるのか）

どしゃ降りの雨でよく見えなかったのだ。予想外のことに舌打ちをしたものの、雨のせいでセンサーが作動したのだろうと思ってほっとした。その時、駐車場を映していた防犯カメラの映像が突然消えた。他の画面を見ると暗い色のパーカーを着てフードをかぶった男がスプレーのようなものを防犯カメラのレンズにかけているのが見えた。一瞬にして暗くなったモニターを見て、ユ教授は思わずつぶやいた。

（ハンター）

予想していたことだ。

（やはりここに来たことがあるんだな）

客を装って記憶書店周辺の防犯カメラの位置を確認したに違いない。それに大雨で、近づいても顔がよく見えない状況を利用している。ユ教授は十五年間待ち続けたハンターが、大雨の日に突然やってきたことに恐怖を覚えた。しかし警察には通報しない。警察が来れば姿を消すだろうし、そうすればハンターの行方を突き止める手掛かりを逃すかもしれないと思ったからだ。ユ教授はスマホを持ち、車椅子で書店の真ん中に出た。この建物の開口部は前のドアと後ろのドア、そして全面ガラスの窓が全部だ。全面ガラスの窓は防弾ガラスと同等の強度があり、スチールのシャッターも下りているから簡単に侵入することはできない。それでもハンターはそれぐらいのことは予想して来ただろう。何より防犯カメラが映らないので外の状態がわからないのがもどかしい。スマホを握ったまま目を閉じ、外から聞こえてくる音に神経を集中した。その時、突然スマホが鳴った。画面には発信番号非通知という文字が浮かび、番号代わりの×印が並んだ。しばらく悩んでから、通話ボタンを押した。念のため録音ボタンを押してスピーカー機能を作動させると、雨音が聞こえた。

「お久しぶりです」

ボイスチェンジャーを使っているのか、声はひどくひずんでいたけれど、ユ教授は十五年前のあの日に戻った。ジージーという雑音の向こうに十五年前の戦慄《せんりつ》がそのまま甦る。

「ずいぶん有名になりましたね。そうとわかっていればサインでももらっておくんだったな」

「お前なんかにサインはやらない」

「おや、人を差別するんですか。あの時とちっとも変わってないな」

大きな舌打ちの音が聞こえ、ユ教授は自称木工職人のキム・ソンゴンを思い浮かべた。必死で平静を保《たも》ったユ教授が聞いた。

「十五年ぶりに、何の用だ」

「ちぇっ、昔も今も言葉遣いが荒いね。ちょっとは大人になったかと思ったけど」

「お前なんかには罵倒《ばとう》の言葉すらもったいない」

「偉そうにするねえ。そのせいで妻子を失ったくせに」

ハンターの言葉を聞いた瞬間、頭を針で掻き回されるような苦痛を感じたけれど、歯を食いしばって耐えた。

「それなら、お前には家族がいるとでもいうのか」

「いないと思うか」

固唾《かたず》を呑んで返答を待つハンターの態度に、ユ教授は息子を連れてきたオ・ヒョンシクを思い浮かべた。まるで自分に子供がいることを自慢したがっているような姿を思い浮かべながら静かに答えた。

「いないことを願うよ。家族がいたらひどく不幸だろうから」

「なぜだ」

「お前が気分次第で人を殺す人間であることを家族が知ったら、どう思う。ああ、知らないだろうな。知ってたら一緒に暮らせないだろう」

書店の外にいるハンターは、腹を立てたらしく荒い息をついた。

「馬鹿にするな。俺はハンターだ。十五年間、一度も狩りに失敗したことがないんだぞ」

「せいぜい野良猫か虫を殺したんだろ。足が痛くて獲物は追えないはずだ」

「あれは大したケガじゃなかった。ほんのかすり傷だった。それが何だと言うんだ」

うなるような言葉の間に荒い息遣いが感じられた。緊張するとそんなふうになるのだろうが、十五年前のハンターの息遣いに似ていた。最近も聞いたことがあった。考えてみればキム・セビョクの息遣いと同じだ。外にいるハンターの正体は判然としないものの、記憶書店をオープンしてから訪れた人物のうちの一人だろうという推測は確信に変わった。防犯カメラの位置を知っているし、声も変えているからだ。会ったことがないならわざわざ声を変える必要がない。混乱したユ教授は、背後から微かに聞こえる音ではっとした。音はカウンターの後ろにあるドアから響いている。不安なのでドアを撤去して壁にしてしまいたかったけれど、建築法上問題があるというのでスチールのドアに替え、内側から鍵をかけられるように改造したものだ。ドアには人の顔の大きさぐらいの窓があったが、どのみち人は入れないし鉄格子も付いていたからそのままにしておいた。音はそこから響いていた。ドリルのようなものでドアのガラス窓に穴を開けているのが見えた。丈夫ではあるけれど強化ガラスではないのですぐに穴が開いた。手にしたスマホから、ハンターの笑い声が聞こえた。

「一つプレゼントしたいんだが、受け取る準備はできてるかい」

「馬鹿、何をする！」

ユ教授は、ようやくハンターが電話してきた理由に気づいた。

「警察に電話できないようにわざわざ電話をかけたな」

電話の向こうでハンターは、返事の代わりに高らかな笑い声を上げた。ドアのガラス窓に拳ほどの穴が開いた。それを見たユ教授は、ハンターが直接侵入するつもりではないと気づいた。穴は引火物質のようなものを撒（ま）いたり投げ入れたりするには十分な大きさだ。思ったとおり、窓の穴から液体がドアを伝って流れ落ちてきた。ユ教授はスマホに向かって叫んだ。

「火をつける気だな。そうすれば私が『失われた真珠』を持って外に飛び出すとでも思ったか」

返事はなかったけれど、荒い息は相変わらず感じられた。

「火事になったら、真っ先に本を火に投げ入れてやる」

興奮したユ教授は叫び続けた。

「火をつけられるものなら、つけてみろ」

「あの本は俺のものだ」

「とんでもない。お前にあの本を持つ資格はない。お前に渡すぐらいなら引き裂いてやる」

「本を愛しているのではないんだな」

「ああ、私は家族を愛していたんだ。本なんかどうでもいい」

「お前、天罰を受けるぞ」

ユ教授はあきれていっそう大きな声を上げた。

「人殺しのくせに。どの口が言ってるんだ」

「人は死ぬが本は死なない」

「何だと」

「お前の持っている本のほとんどは人間よりも長い歳月に耐えてきた。命なんか大したものではない。お前や俺も含めて、誰の命も」

降りしきる雨の中でハンターの低く陰惨な笑い声が響いた。まるで笑いたくないのに無理に笑っているようだ。その笑い声を聞いた瞬間、同じような笑い方をしていたチョ・セジュンがふと思い浮かんだ。気持ちを落ち着けて、スマホに叫んだ。

「お前なんかが人に指図するのか。私は古い紙切れより家族の方がずっと大事だ。火をつけるならつけてみろ。ここにある本全部、その火の中に投げてやる」

返答はなかった。その代わりにドアから大きな音が響いた。足で蹴ったらしいが、そのはずみにひびの入っていたガラスがばらばらと落ちた。車椅子でドアの方に進みながらユ教授が叫んだ。

「かかってこい。お前なんかちっとも怖くはないぞ」

「嘘つけ。お前は俺を怖れるべきだ」

「どうして。家族を殺されたから？　弱い女子供をあやめておいて、まるで大物を仕留めたみたいな言い方をするんだな。お前みたいな殺人鬼がどうして女を狙うのか、私にはわかるぞ」

ユ教授は息を押し殺し、車椅子を動かしてドアの前に近づいた。十五年間彼を悪夢に陥れ、癒《い》えない傷を負わせた男がすぐ近くにいると思うと震えが止まらなかったけれど、恐怖を押し殺して言い放った。

「臆病者《おくびょうもの》だからだ。自分より強い者や、自分を怖がらない者には襲いかかることもできない。そうだろ、ハンター」

最後にハンターという言葉を強調して言い、ドアを睨《にら》んだ。答えの代わりに何度かドアを蹴飛《けと》ばしたハンターは、しばらく後に荒い息をつきながら言った。

「先生、またお会いしましょう」

ハンターは十五年前のように忽然《こつぜん》と消えた。頭が割れそうなほど緊張していたユ教授は、胸がすっと冷たくなった。ずっと捜し続けたハンターとの対決が、あっさりと終わってしまった。確かなのは、ハンターが記憶書店を訪れていたことだ。

「十五年間待っていた瞬間なのに、ちょっと拍子抜《ひょうしぬ》けだな」

もっと深刻な問題は、ハンターがこのまま行方をくらませてしまうかもしれないということだ。彼はユ教授が書店を開いた理由に気づいている。最後の手段を使おうかと思ったけれど、我慢することにした。しかし、自分が記憶書店の外に出て調査することはできない。ユ教授は、悩んだ末に妙案を思いついた。

5 反撃

翌日、チョ・セジュンが興奮した顔で記憶書店に入ってきた。共著を出そうという提案を断られて諦めたのに突然、会いたいという電話を受けたからだ。彼は後ろのドアの付け替え工事が行われているのに気づき、車椅子に座ってその光景を無心に見ているユ教授に尋ねた。

「どうしたんですか」

「昨夜、招かれざる客が来ましてね」

意味がわからずに首を傾げて目をぱちくりさせていたチョ・セジュンは、緊張しているのか、特有の作り笑いをした。それを見たユ教授が工事の様子がよく見える片隅に車椅子を移動させたので、チョ・セジュンも後に従った。ユ教授はドアを直している作業員たちをしばらく眺めた後、チョ・セジュンを見上げた。

「昨夜、あいつが来ましたよ」

「あいつとは」

「十五年前に私の妻子を殺した奴です」

チョ・セジュンは驚きすぎたのか、笑顔が引きつっている。

「ほんとですか」

「防犯カメラのレンズにラッカーのスプレーを吹きつけてから後ろのドアの窓を割り、引火物質と思われる液体を流し込みました」

「放火するつもりだったんですね。警察は呼びましたか」

チョ・セジュンの問いにユ教授が首を横に振った。

「大雨が降っていたし、顔を隠していたから誰なのか確認できませんでした。実のところ、あいつだと思ったのは、単に私の推測です」

「ああ……」

ユ教授が何を言わんとしているのかを悟ったチョ・セジュンは、短い感嘆詞を放った後、黙って教授の顔を見つめた。その視線に気づいたユ教授が苦笑した。

「感情は記憶の中の残骸《ざんがい》に過ぎません。私にとって十五年前の事件は死ぬまで忘れられない悲劇ですが、警察にとってはたくさんの事件のうちの一つだし、あなたにとっては好奇心の対象じゃありませんか」

チョ・セジュンは今度も首を傾げたままぎこちない笑みを浮かべることで返答に代えた。

「私が古書専門店を開いたのは、家族を殺した奴をおびき出すためです」

「何ですって」

驚きのあまり発した声が大きかったせいか、ドアを修理していた人たちが振り向いた。チョ・セジュンは作り笑いをしてすみませんと詫び、再びユ教授を見た。

「殺人犯をおびき出すために書店を開いたって、どういうことですか」

「そのままの意味です。殺人犯は自分をハンターだと言いました。ハンターは古書を命より大事にしていたんです」

「それで殺人犯の関心を引くためにこの書店を開いたんですね」

チョ・セジュンが店内を見回しながら言うと、ユ教授がうなずいた。

「これはいわば、ハンターのための罠です。警察は気にかけてもいないし、人に相談しても、たいてい忘れろと言われます。でも私は忘れることはできません。私が家族を殺したようなものですから」

ユ教授の話を聞いたチョ・セジュンは首を傾げて言った。

「それで古書店を開いて予約制にしたんですね。殺人犯を見つけ出すために」

チョ・セジュンの震え声を聞きながらユ教授は新しいドアを見た。

「あいつは昨夜、あのドアのガラスを割って引火物質を流し込んで放火しようとしました。そして私を電話で脅迫したんです」

「それで、どうなさったんです」

「私が、ここにある古書を全部燃やしてやると言ったら、すぐに諦めましたね」

「ほんとに狂った奴ですねえ」

チョ・セジュンが興奮するとユ教授が目をつぶった。

「そんな言葉では足りません。私に言いました。自分は十五年間一度も失敗したことがないと」

「何に失敗しなかったと言うんです」

無心に聞き返してから、ぎくっとした。

「まさか……」

「その後も人を殺し続けてきたようです」

「何てことだ。連続殺人犯になっていたんですね」

チョ・セジュンの言葉に、ユ教授が顔をこわばらせた。

「まだはっきりしたわけではありません。腹立ちまぎれに虚勢を張った可能性もあります。とにかくあいつを必ず捕まえなければいけません」

「ややこしくなってきましたね」

「実は……」

少し口ごもっていたユ教授が、口を開いた。

「時々、暗闇の中に落ちる悪夢を見るんです。目を開けて、覚めたと思ったのにまだ暗いことに絶望することがあります。恐怖すら贅沢《ぜいたく》だと思わせる、そんな闇です」

チョ・セジュンは緊張のあまり息を詰めた。そんなチョ・セジュンを黙って見ていたユ教授は、作業が完了したという作業員にねぎらいの言葉をかけ、料金は銀行に振り込んだと言った。作業員たちが工具を片付けているのを眺めながら、また横目でチョ・セジュンを見た。

「実のところ、記憶書店を開いても安心できませんでした。あいつが本当に現れるのかと」

チョ・セジュンは店内をざっと見て、肩をすくめた。

「虎《とら》の子《こ》が虎穴《こけつ》に入ったわけですね。犯罪者は些細《ささい》なミスがきっかけで化けの皮が剝がれるものです。姜浩順《カンホスン》【二〇〇六年から二〇〇八年頃までに十人以上の女性を拉致し殺害した連続殺人犯】がどうして捕まったかご存じですか」

ユ教授は首を横に振った。

「警察が捜査網を狭めてきたことに焦って、殺した女たちを乗せた自分の車を焼いてしまい、それでなくとも疑っていた警察にしっぽをつかまれたんです。車も焼け残って中から微細な証拠物が検出され、とうとう逮捕されました」

「『泥棒は足が痺《しび》れる』ということわざどおりになったんですね」

「そういうことです。先生がハンターと呼ぶその殺人鬼は今まで注意深く過ごして姿を現さなかったのに、どうして罠であると知りながらここにやってきたんでしょう」

「本のためです」

予想外の答えだったらしく、チョ・セジュンが眉をひそめた。

「本って?」

「十五年前にあいつと出くわした時、私がどうやって助かったかわかりますか」

ユ教授は工具を片付けて出ていこうとする作業員たちに、ドアを閉めてくれと言い、首を傾げているチョ・セジュンに言った。

「本を盾にしたんです」

「ほんとですか」

信じられないような顔をしているチョ・セジュンに、ユ教授がうなずいて見せた。

「あいつの持っていたカバンを盾にしたら、ためらっていましたね。そのカバンの中に古書が入っていたんです」

「古書を愛好する連続殺人犯だなんて」

「私も古書店を開いて奴をおびき寄せようと決心した後、ずっと悩みました。ハンターを自称し被害者を獲物と呼ぶ奴が、果たして餌に食いつくだろうかと。だけど……」

ユ教授は呼吸を整え、修理したてのドアを見ながら言葉を続けた。

「あいつは来ました。夕方、大雨になって自分の姿を隠すのに都合のいいタイミングを狙って接近してきたのです。防犯カメラの位置をよく知っていたことからすると、客を装って来店していたか、あるいはここに来た誰かに詳しい話を聞いたに違いありません」

片手で口を覆ったチョ・セジュンが、声を震わせてつぶやいた。

「まさか。まるで小説ですね」

ユ教授が見るとチョ・セジュンは戸惑ったのか、前回と同じように何度も手をズボンにこすりつけた。

「申し訳ありません」

「正直言うと、前に来られた時に十五年前の事件のことを話されたので、ちょっと疑ってはいました」

チョ・セジュンはちょっと首を傾げた。

「それなのに、どうしてまた僕を呼んだのです」

「あなたではないと確信したからです。ともかく、ハンターは近くにいます」

チョ・セジュンは目を丸くした。

「それを知っているのは僕たちだけですね。今からでも警察に届けたらいかがです」

「どう言って？　ドアを壊されたと言うんですか」

「電話がかかってきたのなら、電話番号を追跡すればすぐに捕まえられるでしょう。とにかく正体を突き止めるのが先決じゃありませんか」

　ユ教授が首を横に振った。

「番号非通知でかかってきました。プリペイドフォンか、他人名義で不法に入手したスマホを使ったようです」

　チョ・セジュンは、うなずくほかなかった。

「まあ、賢い奴なら、それぐらいは考えるでしょうけど」

「風のように消えてしまいました。警察を呼んでも役に立たなかったでしょうね」

　チョ・セジュンは、諦め顔のユ教授に尋ねた。

「じゃあ、警察にも届けずにそいつを待つつもりですか」

「いえ。もちろん計画は立ててあります。今度は私が反撃する番です」

「反撃？」

　チョ・セジュンはあきれ顔で車椅子のユ教授を見た。

「どうやって」

「まず、奴を捜します」

「どういう手段で」

ユ教授は車椅子でカウンターに近づくと、コンピュータのキーボードをたたき、モニターをチョ・セジュンの方に向けた。

「記憶書店をオープンして以来、訪問した人たちのリストです。全部で四十人ほどが来ましたが、その中にハンターだと疑われる人物が数名います」

「その人たちのことを警察に話せばいいじゃありませんか」

近づいてモニターを見たチョ・セジュンが言うと、ユ教授は首を横に振った。

「気配を嗅《か》ぎつけて逃げますね。警察は信用できません」

「お気持ちはわかりますが、警察の助けを借りずして追跡はできませんよ」

「私はこの事件を自分で解決するつもりです。あいつを法廷に引っ張り出す気はありません」

「なぜです。犯人を捕まえるために書店を開いたのではないのですか」

不安な顔をするチョ・セジュンに、ユ教授は力を込めて言った。

「私が裁きます」

「映画やドラマだと、そんなことをするとたいてい失敗しますよ」

「私はとっくに失敗しました。自分の過ちで家族が死んだ十五年前に」

断固とした口調に、チョ・セジュンは深い息をついて床を見下ろした。

「店に放火しようとした狂人に、どうやって立ち向かうというのです」

「あなたの助けが必要です」

青天の霹靂《へきれき》のような言葉に、チョ・セジュンが飛び上がった。

「僕が、どうやって?」

「私の所に来たのも、あいつについて知りたかったからでしょう?」

「それはそうだけど、犯人を追跡するのは別の問題です。僕は長生きしたいんです。映画やドラマでは、僕みたいな人間が真っ先に死にますよ。主人公は助かるけど」

「犯人はあなたのことを知りませんよ」

「どうして僕なんですか」

チョ・セジュンの問いに、ユ教授が即答した。

「この事件に興味がありそうだからです」

「本当にそれだけですか」

ユ教授にじっと見つめられたチョ・セジュンは、手をズボンにこすりつけながら答えた。

「怖くてとてもできません。では、僕はこれで。お会いできてうれしかったです」

帰ろうとするチョ・セジュンに、ユ教授が大声で聞いた。

「有名になりたくないのですか」

「死んでから有名になったって仕方ありません」

「韓国版『冷血』【トルーマン・カポーティの小説のタイトル】を書く絶好のチャンスですぞ」

それを聞いたチョ・セジュンは、まるで磁石に引き付けられるように足を止めた。そんなチョ・セジュンに、ユ教授が車椅子を動かして近づいた。

「私はあいつを捕まえるために十五年準備してきました。そんなふうにして殺人犯を捕まえたら、世間の興味を引くでしょう?」

「それはまあ、そうでしょうね」

「あいつの言葉を話半分に聞いたとしても、柳《ユ》永哲《ヨンチョル》【二〇〇三年から翌年にかけてソウルで女性や老人など二十人以上を殺害した連続殺人犯】や鄭《チョン》南奎《ナムギュ》【二〇〇四年から二〇〇六年にかけてソウルで十三人を殺し二十人に傷害を負わせた連続殺人犯】顔負けの犯罪を犯してきたはずです。そんな殺人鬼を自分で追跡するストーリーなら、出版社は興味を持ちますね」

「本当にそうでしょうか」

「出版社も私が紹介します。本を出さないかという誘いが今までいっぱい来ていましたから」

「でもそれは、先生に書いてほしいということじゃありませんか」

「そうです。だから、あなたの本を出版してくれるなら私も本を出すという条件で契約するつもりです」

「それなら断れないでしょうね」

にたりとしたチョ・セジュンに、ユ教授が微笑した。

「大丈夫ですよ。私を信じて下さい」

「でも殺人鬼を追うのは、どうにも怖くて」

「相手はあなたを知らないから危険はありません。容疑者たちを調査して、そのうちの誰がハンターなのか突き止めて下さい。後は私が処理します」

「私的な報復をするというのですか」

「ハンターが誰であるのかだけ調べてくれればいいのです」

「では、僕はそれによって何が得られるんでしょう」

「名声です。有名になるというのが、どういうことだかわかりますか」

チョ・セジュンが首を横に振ったのを見て、ユ教授は軽く笑った。

「無料通行証のようなものです。自分を知っている人が増えると不便なこともありますが、いいこともたくさんありますよ。多くの人が私の言葉や身振りに反応し、関心を持って見てくれるんです。そのうえ、羨望《せんぼう》と尊敬が交じった目で見られますね」

チョ・セジュンが考え込むような表情になった。ユ教授が付け加えた。

「この件で本を書こうがテレビに出ようが、それはご自由です。もちろん私が費用を請求したり、割り前を要求したりすることもありません。望むなら一緒にテレビに出演してもいいし、本を出すなら推薦の言葉を書きます。そして、あなたがハンターの追跡に決定的な役割を果たしたと証言します」

断固として言うので、チョ・セジュンが目玉を回しながら考え込んだ。それを見たユ教授がとどめを刺した。

「断《こと》わるなら、他の人に頼みます」

「誰に頼むんです」

「憲兵隊【二〇二〇年より軍事警察に名称変更】出身の探偵です」

「どうしてその人より僕の方がいいんですか」

「その人がハンターを追跡するのに適任かどうかはわかりません。しかしあなたに断られたら頼んでみるつもりです」

ためらっていたチョ・セジュンが肩をそびやかして言った。

「断りづらい提案ですね」

「リストを作成してお渡しします」

「ハンターだと疑われる人間のリストですか」

ユ教授は返答の代わりにうなずき、さらに言った。

「そのうち最も目につく人が三人います。五番、十九番、二十番。便宜上、木工職人、セビョク、〈アッパ〉と呼ぶことにしましょう」

「どうしてその人たちがハンターかもしれないと思うのですか」

「理由はまとめてEメールで送ります。彼らの携帯電話の番号や住所、写真も一緒に」

「予約する際には住所や写真は必要ありませんでしたが」

「今の世の中は電話番号さえわかれば、いろいろ調べられるのでね」

チョ・セジュンはちょっと皮肉っぽく言った。

「見かけによらず裏社会のルートがお好きなようで」

「否定はしません。ただ、責任は私が取ります」

チョ・セジュンは腕組みをして考え込んだ。予想もしていなかった危険な仕事だが、ユ教授の言うように、成功報酬は大きい。何より好奇心にかられたチョ・セジュンは腕組みを解いた。

「僕は何をすればいいんです」

「ハンターであるかないかについて、はっきりとした証拠が必要です。裁判にかけるための証拠ではなく、私が確認できる証拠であれば十分です」

「その次には」

「私が適当にやります。こんなことの処理に長《た》けた人たちがいるんです」

「つまり探偵をしろということですね」

「そうです」

チョ・セジュンはまた腕組みをしてしばらく考えた後にうなずいた。

「わかりました。やってみましょう」

「装備購入費も含め、調査費は銀行から送金します」

「ありがとうございます。でも、ちょっとお聞きしたいんですが」

「何でしょう」

自分を見上げるユ教授の目を見ながらチョ・セジュンが聞いた。

「どうして僕がハンターでないと思うのですか」

ユ教授がにやっと笑った。

「有名になりたがっているからです。ハンターなら絶対に避けるべきことです」

ユ教授はきれいになったドアを見た。

「昨日、あの外にあいつが立っていました。十五年間必死で捜していた奴が、まるで嘘みたいに私の前に現れたんです」

「怖かったでしょう」

ユ教授がチョ・セジュンをじっと見た。

「いえ」

そして短く付け加えた。

「暗かったから」

「何も見えなかったということですか」

ユ教授がうなずくのを見て、チョ・セジュンがつぶやいた。

「闇のような存在なんですね」

「深い闇です」

焦燥にかられ緊張した目つきでチョ・セジュンを見上げていたユ教授はそう言った後、また付け加えた。

「でも、すぐに明るい場所に引きずり出してやりますよ」

「話を聞くと、簡単ではなさそうですが」

「今度はあいつが獲物になるんです。追われていると焦るだろうし、ミスもするでしょう」

自信ありげなユ教授の言葉に、チョ・セジュンは焦ったように爪を噛んだ。

「僕は正しい決断をしたのかどうかわかりませんね。これは」

怯えたような言葉に、ユ教授が肩をすくめた。

「私もこんなに早くハンターに出会えるとは思いませんでした」

「三人ともハンターではない可能性もあるでしょう?」

「当然です。だから三人は個別に呼び出すつもりです」

「それで？」

「十五年前に私が手に入れた本のことを話そうと思います。書店の経営費用が思ったより嵩《かさ》むのでその本を他の人に売るかもしれないと」

チョ・セジュンがうなずきながら言った。

「なるほど、そうすれば相手が焦って動くかもしれませんね」

「そうしなかったとしても、観察していれば手掛かりがつかめるかもしれません。その間にあなたは彼らの家を捜索して証拠を探せる」

「悪くありませんね」

ユ教授は二本の指で自分の目を示した。

「私は目になるから、あなたは手足になって下さい」

ユ教授の言葉にチョ・セジュンが手を開いて見せた。

「シャーロック・ホームズとワトソンですか」

「どう呼ぼうと勝手です。目的さえ達成すればいいじゃありませんか」

ちょっと冷たい言葉に、チョ・セジュンが苦笑した。そんなチョ・セジュンに背を向けて車椅子をカウンターに寄せたユ教授が言った。

「私の携帯番号は知ってますね。銀行口座を教えてくれれば、調査費を先に入金します」

「わかりました」

チョ・セジュンはぎこちない表情で別れの挨拶をすると、記憶書店を出ていった。ドアが閉まるのを見たユ教授が、こらえていた溜息をついた。

6　調査

　ユ教授に会った次の日には約束の調査費が入金された。思ったより大きな金額だったから、チョ・セジュンは何度も数字を数え直した。同じ頃、ユ教授が容疑者と特定した人物のうちの一人である〈アッパ〉に関する情報が、写真と共にEメールで届いた。そしてハンターかもしれないと思う理由について簡単なメモも添えられていた。最初、家庭を持っているので〈アッパ〉はハンターであるはずがないと思った、しかし息子を虐待している疑いもあるし、疑われないために敢えて家庭を持ったのかもしれないと書かれていた。チョ・セジュンも殺人鬼が家庭を持つのは理解できなかったが、実際には多くの連続殺人犯が家庭を持っていたことが明らかになっている。もちろん家族は家長が犯罪者であることを知らなかったし、家族が犯罪の犠牲者になるケースもあった。メールを読んで、チョ・セジュンは考えた。

（ユ教授は徹底的に調べないと気が済まない性分らしいな）

　もっとも十五年間、ただ一つの目的のために生きてきたというのだからそれぐらいはやるだろうと、モニターを見ながらつぶやいた。ユ教授が調査を指示した一人目の容疑者〈アッパ〉の名はオ・ヒョンシクという。五、六歳の男の子を連れて記憶書店に現れたのだが、怪しい要素がいろいろあると判断したらしい。チョ・セジュンはハンターが家庭を持っているはずはないと思いながらも、とにかく調査してみることにした。〈アッパ〉の住所を確認したチョ・セジュンは、必要な物を手早くカバンに突っ込んで家を出た。

「開峰洞《ケボンドン》か……」

地下鉄に乗っていく途中、チョ・セジュンはハンターについて考えていた。多くの連続殺人犯は、殺人は快楽だと言った。常人には考えられない殺人という極限の行動に、喜悦を感じるのだ。

「そして中毒する」

彼がインタビューした連続殺人犯たちは、中毒という表現をよく使っていた。殺人に中毒するなどということがあり得るのかという疑問は、ある連続殺人犯がこっそり耳打ちしてくれた言葉を聞いた時に解消した。数回のインタビューを通して気心が知れたと思ったのかもしれない。カメラを止めると、彼はにやりと笑って言った。

「面白いんだ」

「何がです」

った。

「遺族が泣き叫んで失神するのが」

チョ・セジュンが理解に苦しむ顔をすると、連続殺人犯は黄色い歯をむき出して言った。

「芝居を見ているようで。俺が以前……」

連続殺人犯は一瞬息を殺し、監視している刑務官にちらりと目をやった。

「露天商を一人殺したことがあった。俺には、子供の頃に両親と別れて親戚《しんせき》もいないと言っていたのに、殺した後になって、両親だの親戚だのが続々とやってきて、世の中のすべてを失ったみたいに泣きわめいた。死んだ奴もあきれただろうな」

自分の犯した殺人を、まるで面白いゲームみたいに語るのを見てぞっとしながらも、一面では理解できた。めったなことでは他人の感情に反応しない連続殺人犯は、そういう破滅的な感情に直面しないと心が動かないのだ。あるプロファイラーの、殺人は興味深い現象だという言葉が思い出された。あれこれ考えていたチョ・セジュンは開峰駅に着いたというアナウンスで我に返った。一号線は地上を走っているから階段を上がってエスカレーターで下りないと外には出られない。エスカレーターを下りて外に出たチョ・セジュンは辺りを見回した。果物屋と化粧品屋のある小さな広場を過ぎると道路が見えた。コミュニティバスが停車しているバス停前の横断歩道を渡ると、蒸《む》し餃子《ギョーザ》を売る店から出る湯気が、霧のように立ち込めていた。商店街があり高層マンションが立ち並ぶ住宅街を横切ったチョ・セジュンは、道路に沿って歩いた。オ・ヒョンシクの自宅付近の地図は予《あらかじ》めインターネットで確認してある。ガソリンスタンドのある交差点で横断歩道を渡り、ゆるい坂道を上った。辺りは典型的な住宅街で新築のヴィラが大部分だが、昔ながらの三角屋根の洋風住宅も少なくない。路地の先には大きな教会があって道が左右に分かれていた。山の中腹だからか、平地よりも風が冷たい。左右の道はどちらも細くくねっている。チョ・セジュンはオ・ヒョンシクの住む左側の路地に向かった。道の入り口に〈豊年《プンニョン》ヴィラ〉という古ぼけたヴィラ二棟があり、それを通り過ぎると古い洋風住宅が左右に並んでいた。スマホに保存した地図を確認して足を止めた。

「ここだ」

一九八〇年代の建築とおぼしい洋風住宅はコンクリートの高い塀と鉄条網に囲まれていた。青く塗られた門も古そうだ。チョ・セジュンは持ってきたジンバルにスマホを装着し、横にあった空っぽの植木鉢を踏み台にして上がった。玄関は門から数歩離れた所にあり、その横に半地下に通じる階段が見えた。チョ・セジュンはジンバルにつけたスマホで塀の中をあれこれ見た後、画面に向かってささやいた。ユーチューブ用の動画を撮っておこうと思ったのだ。

——皆さん。僕は今、十五年前にユ・ミョンウ教授の妻と娘、そして古書店の店主を殺害した後も、ひそかに人を殺し続けてきたと推定される男の家を調査しているところです。見たところ、どこにでもありそうな家ですが、果たしてここで犯罪が行われたのでしょうか。もちろんまだはっきりとした証拠はありませんが、各方面から入手した情報を分析した結果、この家の住人が犯人である可能性は排除できません。これからも観察を継続し、手掛かりを見つけたいと思います。

話し終えたチョ・セジュンはジンバルを動かして家の様子をゆっくり動画に収めた。

「これぐらいでいいだろう」

チョ・セジュンは植木鉢から下り、スマホをジンバルからはずして辺りを見回した。昼間だからか行き交う人は老人だけだ。ゆっくり後ずさりして路地を出ようとした瞬間、あっと驚いた。〈アッパ〉すなわち容疑者オ・ヒョンシクが、目の前にいたのだ。ジャージのズボンにパーカーを着て片手に黒いレジ袋を持ち、もう一方の手で子供の手を握っていた。始めた途端に見つかってしまったと思って呆然自失《ぼうぜんじしつ》したけれど、オ・ヒョンシクはチョ・セジュンに目もくれず通り過ぎていった。戸惑ったチヨ・セジュンは振り返り、オ・ヒョンシクが子供を連れて家に入るのを確認した。そして急いで走って、さっき踏み台にした植木鉢に再び上がった。門の中に入ったオ・ヒョンシクは子供にレジ袋を持たせ、家に入れという身ぶりをして、自分は半地下に下りていった。

「どうして一緒に家に入らないのだろう」

その時、玄関前の階段を上がっていた子供が、突然立ち止まって振り向いた。驚いたチョ・セジュンはすぐに植木鉢から下りて路地を抜け出た。そしてようやく、なぜオ・ヒョンシクが何事もないように自分の横を通り過ぎたのかに気づいた。

「僕の顔を知ってるはずがないよな」

記憶書店を訪れたという共通点はあるにせよ、同じ時間に行ったのではないから顔を合わせてもわかるはずがない。ちょっと落ち着くと、わざわざ予約制にして個別に客を迎えたユ教授が、今更ながらすごいと感じた。

「こんなことまで念頭に置いていたのかな」

やることが緻密《ちみつ》で得体の知れない人だと思いながら大通りに出た。黄色い看板のかかったスーパーの前を過ぎると、二階建ての商店の並ぶ通りに不動産屋が二つあるのが目に入った。ガラスの壁に物件情報を印刷した紙が貼られており、二つ目の不動産屋では、オ・ヒョンシクの家のすぐ隣にある家が売りに出ていた。チョ・セジュンは立ち止まって値段と坪数を確認し、ドアを開けて中に入った。老人か中年の男が座っているだろうという予想に反して、三十代半ばの女性がコンピュータを見ていた。ドアについている小さなベルの音を聞いて顔を上げた女にチョ・セジュンが言った。

「物件についてお聞きしたいんですが」

すると女は「少々お待ち下さい」と言い、モニターの横にあった眼鏡をかけて立ち上がった。机の片隅に〈キム・ヒョンジュ室長〉というネームプレートが置かれている。彼女はチョ・セジュンに座るよう勧め、タブレットを持って向かいに座った。

「どういう家をお探しですか」

「あの路地にある家です」

チョ・セジュンがオ・ヒョンシクの家の隣の住所を言うと、キム室長がうなずいた。

「ああ、二十三番地ですね。古い家ですが敷地《しきち》が広いから、整地してヴィラを建てるのには最適ですよ」

「隣の家は売りに出てませんか」

「隣の家ですか」

「ええ、青い門のある家です。二棟一緒に建てれば建築費用も割安になるでしょう?」

チョ・セジュンの言葉に、キム室長は深刻な表情でタブレットを覗き込んだ。

「以前から、時々そういう問い合わせがあったんですが……」

下唇を軽く嚙み、タブレットをソファの前のテーブルに置いて言った。

「あの家のご主人が頑固でして」

「どんな人なんです」

「若い、いやそんなに若くないかな。中年の男性です。いつも男の子を連れて歩いてます」

「ほう」

チョ・セジュンは、さっき見たオ・ヒョンシクと息子の姿を思い浮かべながら尋ねた。

「二軒一緒に買いたいんですが、どうにかなりませんか」

「難しいですね。そういう問い合わせが何度かあったので訪ねていったけれど、家は売らないと言うんです」

「それは残念ですねえ」

首を傾げて、がっかりした表情をするチョ・セジュンに、キム室長が溜息をついた。

「まったくです。時価より一千万ウォン高く買うと言ったのに、駄目の一点張りなんです。そういうケースはあまりなかったので理由を聞いたら、妻との思い出のある場所だから子供が大きくなるまで売りたくないと言っていました」

「ロマンチストですね」

「今の世の中ではお金が一番大切だと思っている人が多いのに、そんなふうに断られたので、それ以上何も言えませんでした」

「二棟一緒に工事できれば最高なんだけどなあ」

チョ・セジュンが未練がましく言うと、キム室長が言った。

「大通りの方の家はいかがでしょう。ほぼ同じ敷地面積の家がありますが」

彼女はタブレットでオ・ヒョンシクの家と、その近所にある家の平面図を見せてくれた。チョ・セジュンはちょっと覗き込む振りをした。

「道のすぐ横じゃないですか。最近は、道路に近いヴィラは騒音がひどいといって嫌われますよ」

ヴィラ建築については何も知らないけれど、もともと商談を進める気はないからすぐに首を横に振った。幸いキム室長も納得したらしく、特に疑いもせずタブレットをデスクに戻しながら言った。

「二軒一緒に売れればいいんですけど」

「その家の人は、値段を吊り上げたくて粘《ねば》ってるんじゃありませんか」

キム室長は首を横に振った。

「じっくり話を聞くことはできなかったんです。私には、妻との思い出の家だから出ていきたくないとおっしゃって、時価より高値をつけたところで、どうにもならない感じでした」

「なるほどね。でも、惜しいなあ」

チョ・セジュンが残念そうに言うと、キム室長は席に戻って眼鏡をはずした。それ以上話すことはないという態度だ。十分とまではいかなくとも、状況を探るのに成功したチョ・セジュンは、また来ると言って席を立った。するとキム室長が言った。

「直談判《じかだんぱん》はしない方がいいですよ」

「どうしてです」

ドアを開けて外に出ようとしたチョ・セジュンが振り向いて聞くと、キム室長はモニターを見ながら言った。

「何だか少し変なんです」

「どういう意味ですか」

キム室長は大きな溜息をついてチョ・セジュンを見た。

「私は大学を卒業して、就職できなかったので父の不動産業を手伝うようになって十五年になります」

「それで」

「たくさんの人に会って話をしてきたけれど、あの人はどうも……」

ためらった末に言った。

「変です」

「それはそうでしょう。妻との思い出のために家を売らないというぐらいなら」

「果たして理由はそれだけなのか……。他の理由があるのかもしれません」

チョ・セジュンは不思議に思って彼女の物憂《ものう》げな顔を見た。他人のまとう闇を目ざとく感知する人間がいる。チョ・セジュンも、自分はそうした勘が働くと思っていた。だが不動産屋で自分と同じようなタイプの人に会うとは思ってもみなかった。チョ・セジュンはドアを閉めて彼女の方に向き直った。

「他の理由があるということですか」

キム室長がちょっと顔をしかめた。

「わかりません。ただ、子供の時に見た〈屋上部屋のおじさん〉に似ている気がして」

「どういうことですか」

戸惑っているチョ・セジュンに、彼女は硬い表情で話した。

「近所に、ランニングシャツ姿で毎日、通りがかる人に怒鳴っていたおじさんがいたんです。唾を吐いたり瓶《びん》を投げたり、女の子には口にするのもはばかられるようなことを言っていました」

話がだんだん妙な方向に逸れてゆくと思ったけれど、黙って聞いた。キム室長が話を続けた。

「その人が引っ越した後、掃除をしに行った家主の奥さんが、気絶しそうになったそうです」

「どうして」

「罠で捕まえた野良猫や鳩《はと》を、残酷に……」

最後まで言わなかったけれど意味はすぐにわかった。どう反応していいのかわからず、首をひねってぼんやりしていると、ためらっていたキム室長が口を開いた。

「あの家のご主人に、屋上部屋のおじさんと同じような感じを受けたんです」

「まさか」

チョ・セジュンが言うと、キム室長が首を横に振った。

「屋上部屋のおじさんが怖かったのは、何よりも目つきでした。人間ではない獣のような目で、あのご主人の目とそっくりです。男の人にはわからないでしょうけど、私にはわかります。だから、近づかないのが賢明ですよ」

意外な話を聞いたチョ・セジュンは、曖昧な返事をするしかなかった。

「わ、わかりました」
チャリンというベルの音を聞きながらドアを開けて外に出たチョ・セジュンは、坂道を下りて大通りに出た。今日は家を確認したことで満足して帰ることにした。電車の駅に向かっていると、スマホの着信音が鳴った。それはユ教授からのメールで、別の容疑者についての資料だった。
「ゲームでもあるまいし、一つわかったらミッションがまた一つ増えるのかよ」
しかしユ教授はいつまでに何を報告しろとも言わない。チョ・セジュンは歩きながらスマホに自分の顔を映して録画ボタンを押した。

——家に帰るところです。いろいろと混乱しています。偶然道で会った彼は、息子と暮らす平凡な父親の姿でした。しかし僕は知っています。平凡さの中に巨大な悪が潜んでいることを。

我ながら悪くはない台詞《せりふ》だと思って微笑した。明かりの消えた動物病院の前に立って、残りの台詞を続けた。

——今日は一人目の容疑者の家を訪ねました。一見、ごく普通に見えましたが、周辺の人たちは彼が異常な人物だと話していました。それに彼は時価より高く買うと言っても、絶対に家を売ろうとしません。彼の家にはどんな秘密が隠されているのでしょうか。

少し間を置いて録画を終えたチョ・セジュンは満足の表情を浮かべた。何より大きな収穫は、彼が家を手放そうとしないと知ったことだ。おそらく家に殺人と関連した証拠があるのだろう。あるいは古書を山のように積み上げて暮らしているのかもしれない。

「ほんとに頭のおかしい奴だ」

二人とも、という言葉はさすがに口に出せなかった。被害者であるユ教授は十五年もの間、ハンターを怨《うら》み続けた。そして書店を開くという奇抜な方法でハンターをおびき寄せ、自分にハンターを捜さないかと提案した。お膳立《ぜんだ》てが調いすぎていて気に入らない。まるで将棋の駒《こま》か碁石のように扱われている気がする。

「面倒なことに首を突っ込んでしまったかな」

だが、与えられる報酬があまりにも甘美で断れなかった。混乱する頭を掻きながら歩いていると、後頭部がぴりっとした。振り返ってみても誰もいない。

「変だな」

再び歩き始めたものの、どうにも気味が悪い。いったんバス停で立ち止まり、バスを待つ振りをして後をつけてくる人がいるかどうかを確認した。しかし大きな声でしゃべりながら歩く女たち、スマホを見ながら歩く少年、煙草《たばこ》をくわえて通り過ぎる男が目についただけで、誰かが自分を監視している気配はない。

「気のせいかな」

神経過敏になっているのかもしれないと思い、再び駅に向かって歩こうとした瞬間、タッカルビ屋の店の横の路地に何かがすっと消えた気がした。チョ・セジュンは用心しながらその路地に向かった。路地には美容院とトッポッキ屋があり、ゆっくり歩いてゆく小さな子供の後ろ姿が見えた。

「見間違いだったか」

首を傾げて向き直ろうとした時、一人で歩いていた子供が立ち止まって後ろを見たのに気づいた。道を間違えたか、誰かを待っているにしては、不自然な動作だ。それに、後ろ姿とはいえ、見たことがあるような気がする。

「誰だったっけ」

つぶやきながら一歩近づくと、子供は突然、隣の路地に走り去った。急いで後を追ったけれど、もう姿はなかった。ちょっと気にかかったものの特段怪しむほどのこともないので、そのまま駅に向かって歩き出した。忙しく行き交う人々の間をすり抜けて駅に着き、エスカレーターで改札口に向かった。人がまばらに乗っているエスカレーターで真ん中あたりまで上がったチョ・セジュンは、さっきと同じような感じを受けて後ろを見た。無表情に列をなして上がってくる人たちが見えた。何もなかったけれど、ぴりっとした感触は消えない。

「いったい何なんだ」

チョ・セジュンはぶつぶつ言いながら改札口に着いた。改札口の上にある電光掲示板を見ると、自分の乗る電車がもうすぐ到着することがわかった。

「急がなきゃ」

急いで階段を下りようとした瞬間、階段の上に立っている男が自分を見ている気がした。焦ったチョ・セジュンは階段を走り下りてドアが閉まる直前に電車に飛び乗った。握り棒をつかんではあはあ言いながら振り向いた瞬間、全身に鳥肌が立った。自分を見ていた男はオ・ヒョンシクだったからだ。

「偶然だろうか」

握り棒をつかんだままつぶやくと、横に立ってスマホを見ていた男子学生がぎくりとして場所を移動した。偶然である可能性についてじっくり考えた。その時間に偶然、駅に来たのかもしれないし、こいつは何を急いでいるのだろうと不思議に思って見ていたのかもしれない。しかしすぐに首を横に振った。いくら考えても偶然ではなさそうだ。

「僕を見てたんだ。誰なのか確認するために」

確信に満ちた声でつぶやくと、さっき場所を移動した学生が、聞こえよがしに咳をした。初めてすれ違った時、オ・ヒョンシクは子供と一緒に買い物をして家に帰る途中だった。それなのに、いきなり駅に現れた。誰かを待つか、何かを買いにきたのなら、ホームに下りる階段を見下ろすはずはない。

「つまり、僕が探りに来たことに気づいたということだな」

顔を知られていないという安全装置が、一気にはずれたことになる。チョ・セジュンは腹を立てて拳で握り棒を殴った。それを見た学生は、ゆっくり首を横に振りながら隣の車両に移ってしまった。遅れて痛みが押し寄せてきた手を振りながら窓の外を見ていたチョ・セジュンは、疑問に思った。

「でも、なぜ僕が駅にいるとわかったんだろう」

バス停で見た時、オ・ヒョンシクの姿はなかった。

「誰かが代わりに尾行していたということか」

タッカルビ屋の路地で見た子供の行動に違和感を覚えたことを思い出した。

「ちくしょう、子供につけさせたな」

玄関に入ろうとした子供が振り向いた時、ばれていないと思ったのだが、そうではなかったのだ。舌打ちをして、車窓に流れる風景を黙って眺めた。思ったよりタフな仕事になりそうだと思い、恐怖と快感が同時に押し寄せた。

「ちゃんと整理してユーチューブにアップすればバズるぞ」

ひとまず家に帰って考えをまとめ、これからどのように撮影し編集するかを考えることにした。ちょうど空席ができたので座った。

チョ・セジュンは家に戻る途中、何度も振り返って尾行がいないか確認した。オ・ヒョンシクが追ってこないことを確認し、いつもより厳重に戸締りをすると、座って溜息をついた。冷蔵庫に入れてあったコーヒーを一口飲み、部屋に戻ってユ教授に送るレポートを作成した。

――容疑者の一人である〈アッパ〉の家に行ってみました。(……)

わりに詳しく書いたが、オ・ヒョンシクの息子に尾行され、最後に電車に乗る時にオ・ヒョンシクと顔を合わせたことは書かなかった。ちょっと迷ったけれど、正体がばれたという理由で、例の探偵に仕事を奪われるかもしれないと思ったからだ。

「何日か後に、また行ってみなければ」

写真を添付してメールを送信し、椅子にもたれて画面を見ながらつぶやいた。

「あの子はなぜあんなことをしたのだろう」

ユ教授が言うようにオ・ヒョンシクからDVを受けているなら、子供は受動的になるはずだ。しかし子供は自分を尾行するなどして、むしろ父親を助けていた。

「ストックホルム症候群かな」

加害者の味方になる被害者か、あるいは自分を虐待する父親に精神的に支配されているのか。だが、今はオ・ヒョンシクがハンターであるかどうかを判断する正念場だ。チョ・セジュンは必要な調査項目を整理し、オ・ヒョンシクの家の写真をモニター画面に出した。

「ハンターは十五年間何をやっていたのだろうか」

十五年前にユ教授の妻子を殺し、今度もまたやって来た。人を二人、いや古書店の主人まで含めて三人も殺したら、それ以後の人生はどうなるか想像してみた。ユ教授に聞いた話が思い出された。ハンターは十五年間狩りを続けていたという。さっき開峰洞の路地で出くわした男が柳永哲や鄭南奎、李春在のようなサイコパスの連続殺人犯なのかもしれないと思うと、結論が出た。

「平凡ではなかっただろうな」

人目につかないように人を殺したなら、犠牲者をどこかに拉致して殺害し、死体を処理したはずだ。チョ・セジュンは、記憶書店にやってきた客のうちの誰かがハンターだろうというユ教授の言葉を思い出してうなずいた。

「容疑者を絞り込むことができそうだ」

一般に思われているのとは違って、死体を処理するのは決して容易なことではない。何十キロもある肉と骨そして髪の毛も処理が難しいし、大量の血液も難物だ。もちろん人知れず山奥に埋めたり焼いたりする方法もあるが、万が一死体が発見されれば疑いをかけられる。最後まで一緒にいた人間が犯人である可能性が高いからだ。殺人がばれないようにするためには自分だけの安全な空間で死体を処理しなければならない。一九九〇年代に全国を騒がせた至尊派《チジョン》【富裕層を憎悪する男七人で構成された犯罪集団。一九九三年から翌年にかけて五人を拉致し殺害した】もそのためにアジトを設けていた。今日調べたオ・ヒョンシクの家がわりに広い洋風家屋であり半地下があるということは、被害者の死体を処理する空間があることを意味する。

「あいつは家を売ろうとしない」

不動産仲介業者キム・ヒョンジュ室長の言うとおり、何か怪しげなところがあるのは確かだ。

「ひとまずそれを確認すべきだ」

もし推測が当たっているなら、次の段階に移るつもりだ。最初のハンター候補である〈アッパ〉について考えをまとめたチョ・セジュンは、ユ教授から受け取った二番目のメールを開いてみた。

「次の容疑者はセビョクか……」

ユ教授がハンター候補の一人に挙げたキム・セビョクは新林《シルリム》方面に住んでいる。翌日午前、チョ・セジュンは新林駅で電車を降り、かなり長い時間バスに乗って、ようやくセビョクの家の近くまで行った。家に向かう坂道の入り口にはマカロンとコーヒーを出すブックカフェがあり、二階がPCルーム【料金を払ってインターネットやオンラインゲームをするための施設】になっていた。傾斜のきつい道に危なっかしくはためく幟《のぼり》の前を通り過ぎて坂を上っていった。路地に入ると塀の上に座っていた野良猫がけだるそうな目で見慣れぬ侵入者を見た。セビョクの家は路地の中間辺りにあるヴィラだ。部屋番号が〈B〉で始まっているところからすると、半地下の部屋だろう。くねくねした路地に入ると古いヴィラが立ち並んでいた。同時期に建てられたらしく、どれも同じように見えたけれど、幸い玄関の横に住所を示す札が貼られていた。ユ教授は、セビョクは本に関心がなさそうだし、体形が記憶の中のハンターとはかなり違うから可能性は低いと見ていたが、チョ・セジュンはそんなことにはこだわらないことにした。犯罪関連のユーチューブをやってきて感じたのは、外見と犯罪はあまり関連がないということだ。人相を科学だと言う人もいるけれど、とんでもない。

「端整な男前だったよ」

柳永哲のような連続殺人鬼も、近所の人から見れば普通の市民だった。悪魔は心の中にいて、外からは見えないからだ。あるいはユ教授の言うように、闇そのものだから見分けがつかないのかもしれない。あれこれ考えながら歩いていると、セビョクの住むヴィラの前に来た。目立った特徴のないヴィラで、玄関のガラスのドアに〈広告物を貼らないで下さい〉と書かれた紙が貼られていた。周囲を見回し、ドアを開けて中に入った。半地下に下りると二つのドアが向かい合っていた。チョ・セジュンは右側のB一〇一号室を見た。薄いグレーに赤い色の電子ドアロックのついたドアの向こうが、ハンター候補の一人キム・セビョクの住む部屋だ。ざっと辺りを見回しても、特に怪しいところはない。

「大それたことができる空間ではなさそうだ」

昨日訪ねたオ・ヒョンシクの家は半地下のある広い一軒家だったから周りの家ともちょっと離れていた。だがキム・セビョクの住まいは小さな部屋の並ぶヴィラだから、鯖《さば》を焼いただけでも隣室の人が気づくだろう。

「もちろん、別の場所にアジトがある可能性もある」

ドアを見ながらつぶやいたチョ・セジュンは、セビョクと鉢合わせしては困るので急いで階段を上がって外に出た。ユ教授のメールには、セビョクのよく行く場所も書かれていた。そのうちの一つが、さっき通り過ぎたブックカフェの二階にあるＰＣルームだ。

「どうせ帰り道だから寄ってみるか」

路地を引き返して坂道を下りると、塀の上の猫がじっと見ていた。坂を下りたチョ・セジュンはブックカフェの二階に行った。まだ昼間だからか、ＰＣルームの店内は閑散としている。カウンターには山盛りのお菓子が置いてあり、眼鏡をかけた、アルバイトらしい男が「いらっしゃいませ」と無味乾燥な挨拶をした。チョ・セジュンは笑顔で答えた。

「友達を捜すんで、ひと回りしてみてから席に座ります」

わかりましたという返事を聞いたチョ・セジュンは、店の中をゆっくり回ってみた。

「いないかな」

ヘッドセットをつけて無表情な顔でモニターを見ている男の客たちは皆、似たような感じがする。一回りして諦めかけた時、一番左の薄暗い所にセビョクが座っているのを見つけた。近づくと怪しまれるかもしれないので、セビョクの席を観察できる対角線上の席につき、コンピュータを起動して画面をのぞき込んだ。そして持ってきたゴリラポッド【小型のフレキシブル三脚】を立ててスマホを装着し、周囲に誰もいないのを確認してから録画ボタンを押して、ささやくような声で話した。

——皆さん、こんにちは。僕は十五年間殺人を続けた連続殺人犯の有力候補を追跡しているところです。彼はこのPCルームの、僕から見える場所に座っています。一見するとごく普通の中年男性ですが、彼の内面には悪魔が潜んでいるかもしれません。

話し終えたチョ・セジュンはセビョクがゲームに熱中しているのを見て、ゴリラポッドを少し持ち上げて彼を撮影した。ばれないかと緊張したけれど、幸い気づかれずに撮影できた。ほっとしたチョ・セジュンがゴリラポッドからスマホをはずすと、突然、さっきの店員が近づいてきた。ばれたかと思ってチョ・セジュンがまごついていると、店員は前を通り過ぎてセビョクの横で立ち止まった。

「お客さん！　変なサイトを閲覧されては困ります」

大きな声が、窓のカーテンを閉め微かな照明だけをつけた暗い店内に響いた。それを聞いたセビョクがヘッドセットを取るのが見えた。

「誰も見てないじゃないか。音も出してないんだからいいだろ」

「この間も店長が言いましたよね。こんな店で猥褻《わいせつ》動画を見るのは禁止されてるんです」

「後ろは壁だし、人もいないぞ」

セビョクが後ろの壁を指さして声を上げた。すると店員が両手を腰に当てて首を横に振った。

「何回苦情が来たと思ってるんです。女子中学生の前でズボンの中に手を入れたり、ボリュームを上げて横にいたお客さんたちを驚かせたりしたのも、一度や二度じゃないでしょう」

「ちぇっ、俺が何をしたってんだ」

「お金はいいから、もう出てって下さい」

「金を払うと言ってるのに、どうして追い出す」

「今、店長がこちらに向かっています。到着した時にまだお客さんがいたら、警察に通報するそうです」

警察という言葉を聞いた途端、勢いの良かったセビョクは怯えた表情になり、申し訳ないという言葉を残して席を立った。それを見た店員は顔をしかめながらスマホで店長に電話をかけて問題の客が出ていったと告げ、さらに愚痴を言った。電話を終えてカウンターに戻ろうとした店員に、チョ・セジュンが不思議そうな顔で声をかけた。

「どうして追い出したんです」

店員は顔をしかめて頭を掻いた。

「ひどいんですよ。毎日来て変なサイトばかり見るんだから。ああ、腹が立つ」

「変なのって？」

「猥褻動画です。まったく、飽きないのかな」

「どうしてわざわざＰＣルームでそんなのを見るんだろう」

「さあ。ともかく、苦情がいっぱい来るからやめてくれと言っても、全然聞かないんです。あのおっさんが嫌でアルバイトを辞めた子が何人もいるんですから」

「おやまあ、困ったもんだね」

チョ・セジュンが舌打ちをしながら相槌《あいづち》を打つと、店員はまた別のことを教えてくれた。

「そのうえ、悪いうわさがあるんですよ」

「どんな」

「電子足輪【悪質な性犯罪者などの居場所をＧＰＳで把握するために付ける足輪】を付けているって」

チョ・セジュンが渋《しぶ》い顔をした。ハンターはそれまで目につかないように人を殺してきたのだから電子足輪を付けさせられるような真似はしそうにない。それにPCルームで大っぴらに猥褻動画を見て注目を集めたりもしないだろう。だが、直接確認するまでは判断を留保するつもりだ。店員はまだぶつぶつ言いながらカウンターに戻った。すぐにセビョクの後を追うのもためらわれるのでぐずぐずしていると、ユ教授が最後のハンター候補である木工職人キム・ソンゴンのプロフィールと個人情報を記したメールを送ってきた。チョ・セジュンはマウスをクリックしてメールを開いた。三人の候補者のうち、キム・ソンゴンが最もハンターらしく見える。

「とにかく、刃物を扱ってるからな」

思いにふけっていたチョ・セジュンは、再びゴリラポッドを出してスマホを装着し、動画を撮った。

――たいていの人は血と死を怖れます。慣れてもいないし、幼い時からさまざまな機会を通して良くないものだと教えられるからでしょう。しかし少数のサイコパスや連続殺人犯は殺人と死を怖れません。なぜだかわかりますか。

少し間を置いてスマホの画面に向かって指を突きつけながら話を続けた。

――他人のことだからです。自分が苦しんだり損をしたりするのではないからです。だから彼らは人を殺すのです。面白くて金も手に入るし、何より恐怖に震える被害者を見るのが人生の快楽なのです。皆さん……。

ちょっと下唇を噛み、スマホの画面を見て口を開いた。

――連続殺人犯は人間の仮面をかぶった悪魔です。それを見極めて、自分から避けるしかありません。もちろん、彼らの頭に角が生《は》えているわけではありませんが。

しゃべり続けると変に思われそうなのでスマホの画面を閉じてPCルームを出た。そして、追い出されたセビョクの行き先を考えた。

「そのまま家に帰っただろう」

さっき下りてきた路地の坂道をまた上がった。今度は、野良猫はいなかった。日が暮れて街灯が一つ二つと灯《とも》り始めた。暗くなった路地を歩き、セビョクの住むヴィラの前で足を止めた。そして辺りを見回すと、カバンからジンバルを出してスマホを付けた。

「B一〇一号室は右だったな」

ヴィラはかなり古そうで、一階には駐車場がなく、建物の前に車一台置ける程度の空間があった。そちら側には窓がなかったけれど、B一〇一号室のある右側に回ると緑色の鉄格子のついた半地下部屋の窓があった。その窓から明るい光が漏れていて、近づくとセビョクの後ろ姿が見えた。チョ・セジュンは壁にぴったりくっつき、そっと顔を突き出して窓の内側を覗いた。部屋の中では、窓に背を向けて椅子に座ったセビョクがコンピュータのモニターを見ている。詳しく観察しようと足を一歩前に出すと、地面に砂があるのか、靴底でじゃりじゃり音がした。窓が開いているので音を聞かれたのではないかと心配したけれど、セビョクはさっきPCルームにいた時と同じようにヘッドセットをつけていたから気づかなかったようだ。白いランニングシャツに縞模様《しまもよう》のトランクス姿のセビョクは、じっと画面を見ていた。チョ・セジュンはセビョクの写真を撮った。後ろの壁に何か貼ってあるのを見て、それにもスマホを向けて何枚か写真を撮った。そして横に何歩か移動し、セビョクの見ているモニターを撮った。その時、足音が聞こえたのか、セビョクが突然振り向きかけた。しかしヘッドセットのコードがもつれたらしく、チョ・セジュンのいる方までは首を向けられなかった。セビョクがヘッドセットをはずしている間に、チョ・セジュンは壁にへばりついた。窓際に立ったセビョクの息遣いが聞こえる。幸いセビョクからは見えない位置にいたので、セビョクが窓を閉めることで一件落着した。路地に出たチョ・セジュンはジンバルからスマホをはずし、ちょっと辺りを歩いてみた。路地の入り口から入ってきた車のヘッドライトが明るい。チョ・セジュンは道端によけて歩みを早めた。バスに乗って駅に行くと、ちょうど入ってきた電車に乗ることができた。セビョクは家が狭く性格が軽率なのでハンターである可能性は低い。しかしもし別の場所にアジトがあるなら話は別だ。それに、ひょっとするとこのすべてが罠なのかもしれない。目につくことをしていれば、身辺を調査する人たちに、犯人ではなさそうだという印象を与えることができるからだ。混乱したチョ・セジュンは、握り棒に頭をもたせかけた。

「資料を整理しなければ。どうやってしっぽをつかむかも考える必要がある」

チョ・セジュンは首をひねり、ゆっくり息を吐いて目を閉じた。電車ががたんと揺れて発車した。

家に帰ったチョ・セジュンがコンピュータの電源を入れるとユ教授のメールが来ていた。それには最後のハンター候補キム・ソンゴンのことが書かれていた。天安で木工所をやっていて、オンラインとオフラインで古書に関する講演をしているという。

「それはいい。天安に行く前にまず話を聴いてみよう」

リンクから入って最も近い日にちに開かれる講演を調べた。

「二日後に光化門《クァンファムン》のブックカフェで講演があるな」

参加申し込みをし、寝ようかと思ったけれど、念のためにセビョクの部屋の写真をコンピュータのハードドライブに移して一つずつ開いてみた。何気なく見ていたチョ・セジュンの顔が突然、こわばった。そしてセビョクが見ていたモニターの写真を見ると、思わず立ち上がった。部屋の中をぐるぐる歩きながら考えたあげく、また椅子に座ってユ教授にメールを送った。明日にでも会いたいというメールにすぐ返信があり、明日午後に来てくれという。

7 容疑者たち

翌日、本を読んでいたユ教授は、約束の時間に記憶書店を訪れたチョ・セジュンを喜んで迎えた。

「いらっしゃい」

「お忙しいのにお時間をいただいてありがとうございます」

「ご覧のとおり、まだお客さんは少ないのでね」

「昨日までオ・ヒョンシクとキム・セビョクを調査していました。キム・セビョクが犯人である可能性は低いと思います」

「ここに来た時も、そんな感じはしましたが」

もっと説明してくれというようなユ教授の視線を感じたチョ・セジュンは、書架に並んだ本を見ながら言った。

「人目につく言動が多すぎます。ヴィラの半地下にある小さな部屋に住んでいますが、死体を処理するには向いてないでしょう？　人に見られやすいし。他の場所にアジトがあったら話は別ですが」

「アジトがないのは確認済みです」

「初めてPCルームで見た時には、単なる変態男だと思いました」

チョ・セジュンを見ながら話を聞いていたユ教授が聞いた。

「つまり、何か別のものを見つけたということですね？」

「まず写真を見て下さい」

チョ・セジュンは担いでいたリュックからタブレットを出すと電源を入れてユ教授に渡した。そして両手で受け取ったユ教授の表情を窺いながら言った。

「あいつの住んでいる半地下の部屋の壁は先生の写真だらけです。テレビ局に行く姿や、外で写真を撮影されている姿を遠くから撮ったようです。中に高層マンションの写真がありますが、ひょっとしてご自宅ですか」

「以前住んでいたところです。記憶書店を開くために売りました」

「お会いになって、どうでしたか」

チョ・セジュンの問いに、ユ教授は記憶をたどりながら苦い表情をした。

「私と同じくフランスに留学したことがあると言っていましたが、本にはあまり興味を持っていないようでした」

「ストーカーが直接訪ねてきたということですね」

ユ教授はタブレットの写真をちらりと見て言った。

「アイドルグループの私生《サセン》【スターの私生活を脅かす迷惑なファン】ほどではないにせよ、ストーカーは何人かいました。テレビで顔が売れると仕方ないですね」

「後の写真を見て下さい。もっと大きな問題がありそうです」

タブレットの画面を移動させたユ教授が驚いた。

「これは……？」

「セビョクが見ていたモニターです。写そうと思ったのではないけど、偶然、角度が合ったようです」

「確かに常軌《じょうき》を逸《いっ》していますね。スナッフフィルム【実際の殺人場面を撮影した映像】を見るなんて」

チョ・セジュンがうなずいた。

「そうです。数年前に問題になったダークウェブなんかで見られる動画です」

「変態という言葉では足りない奴だな」

チョ・セジュンはタブレットを受け取りながら答えた。

「僕も、これを見て驚きました。こいつがハンターかもしれないという気がしました」

「どうしてです」

「何にせよ、ハンターは十五年間、まともな暮らしはしていなかったはずです。人を殺し続けたかもしれないし、他のことで自分の欲求を解消していたかもしれません」

ユ教授は理解できないという顔で尋ねた。

「それでダークウェブにはまったということですか」

「運営にかかわれば金儲《かねもう》けができますからね。もし殺人をずっと続けていたなら、金が必要だったはずです。生活のためにも、死体を処理するためにも」

チョ・セジュンの説明を聞いたユ教授は複雑な表情になった。

「それは思いつかなかったな」

「とにかく、もう少し監視しなければなりません」

チョ・セジュンはタブレットをリュックにしまいながら付け加えた。

「それから、オ・ヒョンシクも疑わしい部分があります」

「〈アッパ〉ですね」

「そうです」

「どうしてそう思うのですか」

「まず、家です」

「彼の住んでいる家ですか」

「ええ。広い庭のある洋風家屋に息子と一緒に住んでいました。近くの不動産屋に聞いたところ、絶対に家を売ろうとはしないそうです。セビョクも怪しいけれど、部屋が狭すぎて死体を処理する空間がありません」

「それだけでは判断できないでしょう」

「近所の人たちも良くない印象を受けていました。何か隠しているか、隠そうと努力しているように見えます」

首をひねりながら深刻な表情で話し、腕を組んだチョ・セジュンに、ユ教授が言った。

「もう少し調査しないといけないようですね。そう言えば、少し前に興味深いことを一つ見つけましたよ」

「何ですか」

ユ教授は車椅子に付けたスマホホルダーからスマホを出して画面を見せた。

「家族関係登録簿によれば、〈アッパ〉は一人暮らしです」

「え？　子供と一緒に暮らしていましたけど」

「ここにも子供を連れてきました。だけど書類上は独居です。それには二つの可能性があります。実子だが出生届を出していないか、あるいは孤児院から養子として引き取ったけれど家族として登録していないかのどちらかでしょう」

「子供が突然いなくなっても、法的には何の措置も取れないということですね」

ユ教授がスマホをホルダーに戻しながら言った。

「〈アッパ〉は子供と一緒にいるところを多くの人に目撃されていますが、もし彼が子供と一緒に出ていって周りの人たちの視線から遠ざかれば、子供が消えても気づく人はいません。もともと未就学児童は、学校に入る年齢になっても現れない場合に警察が調査することになっていますから」

「知ってます」

「でも〈アッパ〉の息子は最初から籍に入っていないので調査対象にすらなりません」

事態の深刻さに気づいたチョ・セジュンが溜息をついた。

「事件が起こる前に何とかしなければ」

「残念ですが、今のところ手だてがないのです。書店に来いと連絡してみたけれど、気配を察したのか、忙しいという口実で断られました」

「何のために忙しいと言っていましたか？」

「明日、江南《カンナム》のCOEX《コエックス》モールのピョルマダン図書館【地下一階から地上一階にわたって造られた文化施設で、約二千八百平方メートルの空間に約七万冊の蔵書を収めた高さ十三メートルの巨大な書架やイベントスペースがある。ピョルマダンは〈星の庭〉の意】に行かなければならないそうです。そこで開かれるアンデルセン童話に関する展示会を見て、講演を聴くのだと言っていました」

ユ教授の話を聞いたチョ・セジュンは首を傾げしばらく考えてから言った。

「僕が行ってみましょう。講演は何時ですか」

「午後四時からです。正体を暴《あば》く手段でもあるんですか」

「それはおいおい考えます。あいつの神経を逆撫《さかな》でして激怒させればいいような気がしますが」

顎を触りながらチョ・セジュンが答えた。

「ひとまず児童虐待の疑いで警察に拘束されたら、家を調べるチャンスがあるでしょう」

「そうですね」

「家をひっくり返せば何か出てくるはずです」

チョ・セジュンの話を聞いたユ教授は、ふと思い出したように尋ねた。

「木工職人のキム・ソンゴンはどうですか」

「明日、ピョルマダン図書館で〈アッパ〉に会ってから光化門のブックカフェに行ってみるつもりです。そこでキム・ソンゴンが講演をするので、じっくり観察できると思います。そして明後日《あさって》、キム・ソンゴンの家に行ってみます」

「木工所は天安駅の近くです。木工所に隣接した平屋で暮らしているようですね」

「住所は確認しました」

「じゃあ、お願いしますよ」

ユ教授の言葉にチョ・セジュンは軽くうなずいた。


翌日、チョ・セジュンは時間に合わせてピョルマダン図書館に向かった。COEXモールの中に入ってしばらく歩いていると、突然、とてつもない高さの書架が現れたのを見て足を止めた。広場のような空間は地下一階からエスカレーターで繋がれている地上一階まで吹き抜けになっていたが、照明が柔らかいので威圧感はなく、親しみを感じさせた。チョ・セジュンはオ・ヒョンシクとその子供を捜すために図書館を横切った。広い空間のところどころに本を読むための長いテーブルと、展示会用に臨時に設置されたらしいガラスの展示ケースが見えた。ケースの中にはアンデルセン童話の本が年度別に並べられていて、下の方にゴマ粒みたいに小さな文字で本についての説明があった。興味を引かれたものの、やるべきことは他にあるので、見物する振りをしながら周囲の様子を窺った。エスカレーターの横にはイベント用の低いステージがあり、前に椅子が並んでいた。椅子の横にはアンデルセン童話の研究者であり翻訳家である人の講演があることを知らせる幟が立っていた。

「講演を聴きに来ると言っていたな」

チョ・セジュンの目に、子供と手をつないで立っているオ・ヒョンシクの後ろ姿が映った。彼は首にネームプレートを掛けた中年男性と言葉を交わしていた。自分の顔を知っているオ・ヒョンシクの視野に入らないよう気をつけながら近づくと、オ・ヒョンシクと手をつないでいる子供が、気配を察したのか振り向いた。チョ・セジュンはその瞬間凍《こお》りついたが、ちょうど前を通り過ぎる人の後ろに隠れて、間一髪で背を向けることができた。元の場所に戻り、柱の陰《かげ》に行って溜息をついた。

「ふうっ。危なかった」

講演の時間が近づいたらしく、聴衆が一人二人と集まってきた。どうすればオ・ヒョンシクの子供の視線を避けられるだろうかと考え、いいアイデアを思いついた。彼はカバンからジンバルを出してスマホを付けると、堂々と講演会場に歩いていった。スマホで顔を隠して接近したのだ。ステージ前の椅子は半分ほど埋まり、まだ続々と人が入ってきていた。オ・ヒョンシクは予想どおり最前列に子供と一緒に座っていた。その真ん前で、マイクを持った中年女性が講演会の始まりを告げた。

——皆さん、これからアンデルセン童話展示会記念講演〈アンデルセンとは何者か?〉が始まります。関心のある方はご参加下さい。講演は国内でアンデルセン研究の第一人者であるソン・チャンヒ先生にお願いしています。

何度か案内放送が流れている時、チョ・セジュンは撮影する振りをしながら周囲を回った。幸い子供は前を向いていた。オ・ヒョンシクに集中しろと注意されたのだろう。その姿を見たチョ・セジュンは微かな笑みを浮かべた。横に回り、ステージの下で講演を見守っていた中年女性に近づいた。

「何でしょう」

「僕はユーチューブで本を紹介するブックチューバーですが、インタビューしてよろしいでしょうか」

「もちろんです。講演の後でインタビューできるよう、先生にお話ししておきます」

嬉《うれ》しそうな顔の女にチョ・セジュンが言った。

「それから、講演者の先生にインタビューする前に、お客さんにもインタビューしたいんですけど。それが僕の流儀でして」

「構いませんけれど、お客さんの中に知っている人がいないので……」

「大丈夫です。僕がインタビューしたいと言っているとだけ伝えてもらえますか」

「わかりました」

チョ・セジュンは、顎でオ・ヒョンシクとその子供の方を示した。

「最前列に座っているお父さんと男の子に話を聞きたいんですが」

「ああ、早く来てソン先生とお話しされていた方ですね。この頃、あんなに熱心なお父さんはめったにいませんよ」

うなずいたチョ・セジュンはエスカレーター側の書架を指さした。

「あの後ろで待っていますから、講演が終わったら来て下さるよう伝えて下さい。その後で講演者の先生にもインタビューします」

「承知しました」

「ありがとうございます」

チョ・セジュンはゆっくりエスカレーター側の書架に向かった。その書架は隅っこにあって人目につきにくいが、万が一危険なことが起これば大声で助けを求めることもできる。書架の後ろに立ったチョ・セジュンは、マイクを通じて聞こえる講演に耳を傾けた。やがて、ありがとうございましたという言葉が聞こえ、拍手が続いた。首を伸ばして見ると、講演が終わったらしく、聴衆が拍手をしていた。中でも最前列のオ・ヒョンシクが最も熱烈な拍手を送っている。それを見たチョ・セジュンがつぶやいた。

「仮面をかぶってるんだな」

子供も仮面の一環として連れて歩くのだろう。優しい父親の姿を装いながら、内に何かを秘めているのは明らかだ。誰かが自分を見ていることも知らないで一生懸命拍手をする彼に、先ほどの女性が近づくのが見えた。自分のいる方を指さすだろうからチョ・セジュンは急いで書架の後ろに隠れた。いざとなったらスマホをつけたジンバルを武器代わりにしようと思って振り回していると、オ・ヒョンシクと子供の足音が聞こえた。オ・ヒョンシクはチョ・セジュンがスマホをつけたジンバルで顔を隠しているので最初は気づかなかったようだ。しかし、少しすると表情をこわばらせた。チョ・セジュンは事もなげに話しかけた。

「インタビューに応じていただき、ありがとうございます。ユーチューバーのチョ・セジュンです」

素知らぬ振りでそう言うと、オ・ヒョンシクは居心地の悪そうな顔で立ち止まった。相変わらず子供の手を握っているのを見たチョ・セジュンは、ジンバルにつけたスマホを相手に向けて質問した。

「お子さんと仲が良さそうですね。本に関心がおありですか」

「関心があるから来たんです」

「そうですか。お宅は庭が広くて結構なお住まいでしたが」

オ・ヒョンシクの目つきが変わった。

「お前、何者だ」

オ・ヒョンシクが硬い表情で聞くと、チョ・セジュンはジンバルにつけたスマホを揺らしながら言った。

「ここは人がたくさんいますよ」

「誰だと聞いてるんだ！」

「本に関心を持っている人間です。だからインタビューをお願いしたんです」

「うちを探りに来たのはわかってるぞ」

「探ったんじゃなくて、家を買おうと思って回ってみたんです。勝手な思い込みをなさるんですね」

「お前みたいなネズミ野郎に用はない」

オ・ヒョンシクが背を向けようとした時、チョ・セジュンは準備していた話を持ち出した。

「僕がどうして尾行に気づいたのか、知りたくありませんか」

予想どおり、オ・ヒョンシクは立ち止まった。チョ・セジュンはオ・ヒョンシクと手をつないでいる子供を見た。彼の視線が子供に向かっているのを見たオ・ヒョンシクが眉をひそめた。

「何のことだ」

「息子さんが、尾行を命じられたことを私に白状したんです」

子供の目が丸くなったのを見たチョ・セジュンは、オ・ヒョンシクの顔を見てにやりとした。そしてジンバルのスマホを向けた。

「今のお気持ちは？」

「いったい何の真似だ！」

オ・ヒョンシクの声が大きくなると、エスカレーターで下りてくる人たちの視線が集中した。オ・ヒョンシクがちょっとひるんだ隙《すき》に、チョ・セジュンはスマホをジンバルからはずしながら言った。

「これでインタビューは終わります」

オ・ヒョンシクは怒りをぶつけようにも、大勢に見られているので襲いかかることができない。ある程度は予想していたことなので、チョ・セジュンは悠々とその場を立ち去った。後ろで、違うと叫ぶ子供の泣き声と、オ・ヒョンシクの怒鳴り声が交互に聞こえた。不和と疑念の種を植え付けるのに成功したチョ・セジュンは、モールの中をゆったりと歩いて駅に向かった。通路に並んでいる店を見ながら後ろを振り返ると、オ・ヒョンシクが子供の手を引いて追ってきていた。計画どおりだ。チョ・セジュンはゆっくり歩いた。オ・ヒョンシクについての資料を見た時、目についたのは〈計画〉という言葉だった。周囲にいる人を自分の思うとおりにコントロールし、すべて自分の計画どおりに進行しないと気が済まず、それを乱されると我慢できない人間だというのだ。チョ・セジュンは以前立ち寄った開峰洞の不動産屋に電話をかけた。

「キム室長、こんにちは。以前そちらに伺った者ですが、やっぱり以前話していた家と、隣の家を一緒に買いたいんです。ええ、ええ、いくら売りたがらないとは言っても、お金を積んだら変わるでしょう。五千万ウォン上乗せすると伝えて下さい。うまくいったら、社長さんにも相応のお礼をしますよ。今から行ってもいいですか。一時間か二時間後。じゃあ、よろしく」

キム室長は不吉な予感がすると言って前回と同様、止めたけれど、五千万ウォン余計に出すと言われて屈服してしまった。わざわざ大声で電話をしたチョ・セジュンは、横にある商店のガラスのパーティションをちらりと見た。案の定、オ・ヒョンシクが追ってきている。おそらく電話の内容も聞こえていたに違いない。予想していたように、走ってきたオ・ヒョンシクに肩をつかまれた。

「お前、何者だ」

振り返ったチョ・セジュンは、怒りに燃えるオ・ヒョンシクの目を見た。そしてにたりと笑って言った。

「ユーチューバーだって言ってるでしょ」

その瞬間、オ・ヒョンシクの拳が炸裂《さくれつ》した。鈍《にぶ》い音に、通行人たちが驚いて悲鳴を上げた。チョ・セジュンが倒れるとオ・ヒョンシクは胸倉をつかんで何度も殴った。

「こいつ、ふざけやがって」

その間も、そばにいた子供は驚くほど平静な顔で見ていた。通行人の一人が、警察を呼べと叫んだ。チョ・セジュンは痛みを感じながらも、自分の考えたとおりに展開していると思うと笑みがこぼれた。


事情聴取を終えて警察署を出たチョ・セジュンは、がら空きの駐車場の隅に置かれたベンチに座り、周辺に誰もいないのを確かめてからスマホでビデオ通話のボタンを押した。少しするとユ教授が電話に出た。彼はチョ・セジュンの顔が傷だらけなのを見て仰天した。

「何があったんです」

「COEXで〈アッパ〉に殴られました」

「あいつがそんな無謀なことをしたんですか」

「いや、僕がわざと怒らせたんです」

「なんと。ハンターかもしれないんですぞ。危険だということは、私と同じぐらい知っているのに」

驚くユ教授に、チョ・セジュンは大したことはないという顔をして見せた。

「人目がありましたから。とにかく、人の多い所で僕を殴ったので警察に捕まりました」

「時間を稼ごうというのですね」

すぐに考えを見抜かれて、チョ・セジュンが苦笑した。

「そういうことです。そのうち警察の事情聴取を受けるだろうと言っていました。その時に家をもう少し調べれば手掛かりが出るかもしれません」

「危険じゃありませんか」

「ハンターだという手掛かりさえつかめればすべて解決します。合法的な線を、ちょっとだけ越えてみます」

「では、私もちょっと線を越えて、暗証番号を調べてみましょう」

ユ教授の提案に、チョ・セジュンがうなずいた。

「そのうち警察に呼び出されるだろうから、そのタイミングで入ってみます」

「わかりました。ちゃんと治療して下さいよ」

笑顔で通話を終えたチョ・セジュンは、ベンチに座って録画ボタンを押した。

——ひどい顔でしょう？　実は今日、ハンターであると思われる男と取っ組み合いのケンカをしました。といっても、僕が一方的に殴られたにすぎません。僕を殴った男は間もなく警察に取り調べられるはずです。どうしてケンカになり、殴られたのかは、いずれお話しするつもりです。僕は今、真実に近づこうとしています。一歩ずつ。どういう結果が出るか、お楽しみに。

最後に、無理に笑顔をつくろうと痛みをこらえたチョ・セジュンは、録画ボタンを止めた途端に顔をしかめた。スマホをポケットに入れて立ち上がった瞬間、遠くから誰かに見られていたことに気づいた。ちょっと驚いたけれど、相手がオ・ヒョンシクの息子だと気づいて安心した。目が合ったのに、子供は逃げようともせず立ちつくしている。チョ・セジュンは再びベンチに座り、こっちに来いと手招きをした。子供はしばらくためらってから歩いてきた。チョ・セジュンが横に座れと言うと、おとなしく座った。

「どうして警察署に来たの。何かやらかしたのかい」

冗談交じりに聞くと、子供は何も言わずにじっとチョ・セジュンを見上げた。その目を見たチョ・セジュンは、子供がなぜ来たのかわかった。

「おじさんを監視しろとアッパに言われたんだね」

子供は返事の代わりにまばたきをしながらうなずいた。チョ・セジュンが首を傾げた。

「名前は？」

「オ・ヨンジュン」

「いくつだ」

「わかんない」

「え？」

チョ・セジュンが驚くと、子供は地面を見下ろして息をついた。

「アッパが、年は重要なものじゃないって」

「そんなら、何が重要なんだ」

「信心」

意外な返答に、チョ・セジュンは深呼吸をして子供を見た。

「ヨンジュンだったね」

子供がうなずくと、チョ・セジュンは腰をかがめて目の高さを合わせた。

「人は、自分の年を知っていなきゃいけない。でないと学校に入れないよ」

「学校は変なことばっかり教えるから行くなって」

「誰が言った？　アッパか」

「うん」

「君の考えはどうだ？」

「ぼくの？」

チョ・セジュンがうなずいた。

「そう、君の考え。年を知る必要もなく、学校に行く理由もないと思ってるのかな？」

黙ってまばたきしていた子供が、チョ・セジュンの顔を見た。

「わかんない」

「そんなことはないだろ。ところで」

腰を伸ばしたチョ・セジュンが辺りを見回して聞いた。

「監視しろと言われたなら隠れていなきゃいけないのに、どうして目につく所にいたんだい？」

「おじさんがうちに来た目的が知りたくて」

「君のアッパが、何か隠しているんじゃないかと思ってね」

「世の中は危険な所だから助け合って守らなければならないんだって」

「おじさんの見たところでは……」

子供を見ながら話していたチョ・セジュンが、突然子供の服の襟を引っ張った。子供が驚いて顔をしかめた。

「痛い」

「おじさんが引っ張ったから痛いのか？　それともアッパに殴られたからか」

思っていたとおり、うなじの下の方に青い痣《あざ》があった。子供は今にも泣きそうな顔で少し離れて座った。それを見たチョ・セジュンが言った。

「両方のようだな。アッパは何をする人だ？」

「神様にお仕えしてる」

子供の言葉を聞いたチョ・セジュンは、少し考えてつぶやいた。

「神とハンターはしっくりこないな」

「何？」

子供に聞かれてチョ・セジュンは首を横に振った。

「何でもない。どんな神様だ」

「天だよ」

子供は空を見上げた。チョ・セジュンは綿のような雲が散らばる青空を見上げ、また子供の顔を見た。

「天の神様？　キリスト教の神様や仏様ではなくて？」

「そんなの、全部にせものだって」

子供の頑《かたく》なな表情に、チョ・セジュンは思わず唸《うな》った。

「おやおや」

どうやら怪しげな新興宗教を信仰しているようだ。ハンターならそんなことはしそうにない。チョ・セジュンが黙って考え込んでいると、子供が口を開いた。

「おじさん、助けて」

思いがけない言葉に、チョ・セジュンの目が輝いた。

「誰から」

「アッパから」

「アッパの言うことをよく聞いてるくせに」

子供が肩をすくめた。

「ぼく、もうすぐ本堂に送られるの。先週、伯父さんが来て話をしているのを聞いた」

「それはどこだ」

「忠清道《チュンチョンド》の山奥。人里に出るのに車で一時間以上かかる」

「そこを本堂と呼んでいるんだな」

「ぼく、行きたくない」

話がだんだん妙なことになっていくと思ったチョ・セジュンは、大きく息を吸ってから聞いた。

「じゃあ、アッパを懲《こ》らしめてくれということか？　そしたら君は自由になれるのかな」

子供は何も答えなかった。チョ・セジュンは子供の頭を撫でて言った。

「家の中に何があるのか教えてくれるかい。そしたら助けてやるよ」

「家の中？」

「うん。アッパは家の中に何か隠しているらしくて、絶対に家を売らないと言うんだ」

「家の中には……」

顔をしかめた子供が、ちょっと考えて言った。

「何もない」

「人が暮らしているのに何もないなんて、話にならないぞ」

「ほんとだよ」

子供の顔を見ていたチョ・セジュンが、立ち上がった。

「坊や、会えてよかったよ」

チョ・セジュンが歩きだした時、背後で子供が叫んだ。

「アッパが絶対に入るなっていう所がある」

「どこだ」

チョ・セジュンが振り向いた。

「半地下」

「玄関脇の階段を下りた所か?」

「そう。そこ」

「どうしてそこに入るなって?」

「質問しちゃいけないの」

「疑問を持ってはならないということか」

チョ・セジュンが言うと、子供は空を見上げた。

「それが天の御心だって」

「入ることもできないのか」

「鍵がかかってるから」

「どんな鍵だ。電子ドアロックか」

子供は、鍵を回す仕草《しぐさ》をした。

「ううん。普通の。鍵で開けたり閉めたりする」

「そこに何があると思う?」

少し考えて口を開いた。

「神様と死」

「子供のくせに、そんな大人みたいな口をきいちゃいかんな」

チョ・セジュンが怖い顔をした。

「ごめんなさい。毎日、経典を唱える時、そんなふうに言えと習ったの。そうでなきゃ黙っていろと」

それを聞いたチョ・セジュンは、固く閉ざされた半地下に隠されているものを想像した。カルト教団の教理に従って人々を拉致し殺害した痕跡が残っているのだろうか。あるいは神聖だと信じる宗教のシンボルのようなものが鎮座《ちんざ》しているのかもしれない。チョ・セジュンはベンチでそわそわしている子供を見た。

「逃げたいんだね？」

子供は目をぱちぱちさせてうなずいた。

「おじさんを助けてくれたら、おじさんも君を助けてあげるよ」

「何をすればいいの」

「アッパが警察の取り調べを受けに行く時間を教えてくれ」

「その時はぼくも一緒に行かないといけない」

「わかってる。家を空ける時間だけわかればいいんだ」

「電話で警察の人と話してた。取り調べは来週だって」

「来週のいつだ」

「水曜か木曜。相談してから決めるみたい」

「誰と。伯父さんか」

「はい」

「その人が留守番するんじゃないだろうな」

「伯父さんは来てもすぐに帰るよ。俗世に長くいると信心が薄れると言って」

「困ったもんだな。スマホは持ってるか」

「何かあった時のために持ってる」

「おじさんの番号を教えるから、出かける時にこっそりメッセージをくれるかい」

「もし家で変なものが見つかったら、アッパは逮捕されるの？」

「そこまではしないだろう。だけど、おじさんが探しているものが出てきたら逮捕される可能性はある。そしたら君を助け出せるかもな」

「ほんと？」

本心から願っているような口調だ。チョ・セジュンは子供にうなずいて見せ、席を立った。

警察の聴取で疲れていたし顔もずきずき痛むけれど、キム・ソンゴンの講演を聴きに行かなければならない。バスに乗って光化門で降りたチョ・セジュンは世宗《セジョン》文化会館の裏に向かった。彫刻が並んだ芝生を過ぎ、高層ビルの並ぶ通りに入るとブックカフェの看板が見えた。
「地下一階か」
回転ドアのある入り口の横の狭い螺旋《らせん》階段を下りると小さな中庭のような空間があり、ガラスドアの向こうに書店が見えた。チョ・セジュンはスマホの録音ボタンを押した。

――僕は今、容疑者の一人が行う講演会に出席するため光化門に来ています。彼はどんな話をするのでしょうか。講演の中から殺人についての手掛かりが探せるかどうか、直接聴いてみることにしましょう。

ドアを開けて入ると通路の中間に、書店であることを示す立て看板があった。店は意外に広くて壁には天井近くまである書架がぎっしり並び、ところどころに人の背丈よりやや低い書架があった。店の奥には小さな演壇が準備されていて、顎ひげを生やした男がハンチングをかぶって椅子に座っていた。演壇下の横断幕には〈木工職人キム・ソンゴンの本の話〉と書かれていた。演壇の下にはいろいろな色のプラスチックの椅子が並べられ、ところどころに客が座っていた。チョ・セジュンはそっと一番後列の席に座った。講演は少し前に始まったらしく、キム・ソンゴンは手ぶりを交えながら一生懸命話していた。

「本は偉大な知識を共有するためのものです。したがってお金や知識があるからといって特定の個人が所有することはできません。本は多くの人に読まれるために作られた媒体だからです。それなのに貪欲な収集家は巨額を投じて本を買って秘蔵し、値段が上がることだけを待っています。これはとても良くないことです」

チョ・セジュンは少し離れて座っていたけれど、キム・ソンゴンの怒りと狂気を読み取ることができた。喉が渇くのか、彼は水を一口飲んで話を続けた。

「私は少し前に、某教授が開いたとマスコミで話題になった書店に行きました。その書店のことはご存じですね？」

聴衆の一部が、〈記憶書店〉と低い声で答えた。するとキム・ソンゴンは憤りを隠そうともせず、マイクに口を近づけた。

「書店としてオープンしたのに、いざ行ってみると本はガラス扉の奥や見えない所に収められていました。それに書店とはいうものの、客は予約をして行かなければなりません。自分の富と名声を利用して収集した古書を隠しているわけです。これが知識人のやることでしょうか」

キム・ソンゴンが興奮して話すと、聴衆は面白そうに笑った。笑いが静まると、彼は話を続けた。

「私が、所蔵している本を見せてくれと言うと、金がなさそうに見えたのか嘲笑され、からかわれました。正直なところ、私はあの人が知識人としてテレビに出ていた頃から好きではありませんでしたね。金さえあれば知識人を自称できる世の中になったのは、まさに本が不在だからです。それなのに社会をリードすべき知識人が、金と名声に目が眩《くら》んで本を隠すという蛮行を犯しているのです」

ユ教授への憎悪をむき出しにした話は、その後も続いた。演壇の下にいる書店関係者は明らかに不安そうな顔でキム・ソンゴンを見ていた。しかし聴衆はみんな興味を示し、面白がっていた。チョ・セジュンは、キム・ソンゴンがずっと同じようなことばかり話しそうなので、席を立った。短い時間だったが彼が何を考えているのか十分把握できた。本に対する異常な執着やユ教授への憎悪は明確に感じ取れる。しかしチョ・セジュンは書店を出て階段を上がりながら首を傾げた。

「ハンターが、あんなふうに大っぴらに活動するだろうか」

誰よりも慎重に行動し殺人を犯してきたハンターの姿とはかけ離れている。だが自分が所有すべきだと思う本を手に入れるためなら、人を殺すこともあり得るという思いもよぎった。

「会って話してみれば手掛かりがつかめるだろう」

階段を上がって外に出ると、さっきまで快晴だった空が暗くなってきていた。今にも雨が降り出しそうだ。通りを歩いていた人たちもそう思ったのか、足を早めたり、傘を買うためにコンビニに入ったりしていた。チョ・セジュンは地下鉄の駅に向けてゆっくり歩いた。

（明日キム・ソンゴンに会えばはっきりするな）

翌日、チョ・セジュンは天安行きの電車に乗った。昨日雨が降ったので空はひときわ澄んでいる。ブックカフェでの講演では本に対するキム・ソンゴンの情熱を知ることができたけれど、それが実生活にどう関わっているのかが知りたい。居眠りしながら一時間以上電車に乗って天安駅で降りた。広場に続く階段を下りた彼は天安名物〈クルミ菓子〉を売る店が立ち並ぶ道を歩いた。バス停を過ぎる頃、ジンバルにスマホをつけて動画を撮った。

——今日はもう一人の容疑者に会うため、天安に来ています。駅から徒歩で行ける所に彼の仕事場があるのですが、果たして彼はどんな顔で今日一日を過ごすでしょうか。気になるなら、僕についてきて下さい。

軽くウインクして動画を締めくくったチョ・セジュンはさらに歩いた。バス停をいくつか過ぎ、天安駅から遠ざかるにつれて周辺の風景が一変した。クルミ菓子などの食べ物を売る店がだんだん少なくなる一方で、〈ボルト〉や〈機械〉といった単語の入った看板が目につくようになった。

「殺伐《さつばつ》とした雰囲気だな」

しばらくするとキム・ソンゴンの仕事場が見えた。プレハブみたいな二階建ての建物だ。大きなカンナの絵が描かれた白い看板が道端に立っており、車数台分の駐車場の向こうにガラス壁の木工所がある。一階の上の方に〈短期速成木工講座〉の時間と受講料を記した垂れ幕が掛かっていた。立ち止まったチョ・セジュンは、一番下にある文字を見た。

〈二時間お試しコース。まな板贈呈《ぞうてい》。五万ウォン〉

彼はいいチャンスだと思い、指ですっと鼻を撫でるとスマホで木工所の写真を撮った。

――今度の容疑者は木工所を運営しています。木工所には凶器になりそうな道具がいっぱいあるという点が気になりますね。それは果たして偶然なのでしょうか、あるいは意図したものなのでしょうか。一度入って調べてみましょう。

チョ・セジュンはスマホをジンバルからはずして木工所に近づいた。ガラスの内側には耳に鉛筆を挟み、革のエプロンをつけ黒いハンチングをかぶったキム・ソンゴンの姿があった。ガラスのドアを開けて入ると、大きなテーブルの前に立っていたキム・ソンゴンが振り向いた。

「いらっしゃい」

チョ・セジュンが緊張した声で聞いた。

「ここは木工所ですね？」

「そうです。もとはボルト工場だったのを改造しました。どういうご用件で」

「あの、木工を習いたいんですが」

「ありがとうございます。どのコースをご希望ですか」

「あの、時間があまりないので、とりあえずお試しコースで」

「ああ、そうですか。ちょうど時間が空いているから、もしよかったら今やりますか」

「一対一で教えてもらえるんですか」

チョ・セジュンの問いに、キム・ソンゴンがハンチングを直しながら答えた。

「もちろんです。あちらにエプロンがあるから、どれでも好きなのを使って下さい」

チョ・セジュンはハンガーにかかっているたくさんの革のエプロンの中から一つ選

び、つけて戻ってきた。その間にキム・ソンゴンは作業台の上に道具を揃《そろ》えた。

「まな板を作るには型を取りますが、まずその前に、どんな木材を使うか決めて下さい」

「木材を選ぶんですか」

「そうです。普通はトネリコ、オーク、クスノキなどが使われます」

「どれがいいですかね」

キム・ソンゴンはちょっと考えて言った。

「トネリコにしましょう」

そう言うと作業台の横に積み上げてある木材の中から適当な大きさの板を持ってきた。その間にチョ・セジュンは作業台の周りを観察した。壁には各種の道具と共に、キム・ソンゴンが作ったらしいしゃもじ、まな板、スプーン、トレーなどが掛かっている。部屋には折り畳みの椅子やテーブル、本立てなどもあった。作業場の真ん中には折り畳みのテーブルがあり、その上にチェス盤が置かれている。チェスの駒は通常の物より少し大きくてねじれているように見えた。どうやら市販品ではなく、自分で作った物らしい。

チョ・セジュンがチェスの駒を見ていると、キム・ソンゴンが板を作業台に載せて言った。

「どんな種類の木であれ、よく乾いてないといけません。そうでないと使っているうちにゆがんだり割れたりしますから。木材が決まったら型を取ります。どんな形のまな板にしますか」

「小さめで、お皿代わりに食べ物を盛りつけたりできるカッティングボードがいいですね」

「じゃあ、四角くて取っ手があって、取っ手に穴を開けた形にしましょうか」

キム・ソンゴンが耳に挟んでいた鉛筆を取り、板にすっすっと線を引いている間にチョ・セジュンはずっと周囲を観察していた。道具が掛かっている所の上には一列の本立てがあり、ぎっしり本が並んでいた。線を引き終えたキム・ソンゴンは、作業台の隅にある工具を一つ持ってきた。

「これは電動ジグソーです。これで板を切ります。本来は自分でやってもらうんですが、時間がないから私が切ります。見てて下さい」

「はい」

チョ・セジュンは首を傾げて見つめた。持ち手の下に細長いノコギリの刃がついた道具だ。キム・ソンゴンは板を作業台の外に出し電動ジグソーを当てて注意深くボタンを押した。ウィーンという音と共に木が切れた。太い鉛筆の線に沿って動いていた電動ジグソーが止まると、四角い板は四隅《よすみ》の丸い、取っ手つきのカッティングボードの形になった。キム・ソンゴンは一息ついて板をチョ・セジュンに手渡した。

「あちらにドリルプレスがあります。自分で穴を開けてみて下さい」

「どうやればいいんでしょう」

「まずその前に、私がついているから緊張を解いて」

キム・ソンゴンは笑いながらチョ・セジュンの肩を叩《たた》き、大きなドリルプレスのある所に誘《いざな》った。赤いハンドルと大きなドリルが見えた。キム・ソンゴンは、下にあるスイッチを入れハンドルを下ろしてドリルをまな板の穴の位置に合わせると、ハンドルの横にあるスイッチを入れて横に退いた。

「ゆっくりハンドルを下ろせばドリルが下ります。位置は合わせてあるからそのまま下ろして下さい」

言われたとおりにハンドルを下ろすと、けたたましい音を立てて回転するドリルがカッティングボードの取っ手に触れた。バネのような形のおがくずが四方に飛び散り、板に穴が開いた。

「さあ、板をゆっくり動かして穴を広げましょう」

ドリルの大きな音の合間にキム・ソンゴンの声が聞こえ、チョ・セジュンがうなずいた。板をゆっくり動かすと穴は適当な大きさになった。キム・ソンゴンはスイッチを切ってハンドルを上げ、板を取り出した。

「ちょっと前まではただの板切れだったのに、不思議ですねえ」

「それが木工の魅力なんです。どんなふうに切って磨《みが》くかによって違ってきますからね。次は、きれいに磨きます。あちらに電動ヤスリがあるから、来て下さい」

作業台の後ろにあった電動ヤスリは、持ち手が電動ジグソーと同じような形で、下に平たいものがついている。キム・ソンゴンが電動ヤスリのスイッチを入れ板に当てて押すと木のこすれる音がした。彼はスイッチを切って後ろに退いた。

「やってみて下さい」

チョ・セジュンは言われるままに電動ヤスリでまな板を磨き、もうそれぐらいでいいと言われて止めた。木目のくっきりしたカッティングボードが完成した。チョ・セジュンが、ここに来た理由も忘れてしきりに感嘆していたところに、キム・ソンゴンが小さなガラス瓶《びん》と筆を持ってきた。

「最後の仕上げです」

「それは何ですか」

「まな板に塗るオイルです。まな板は食品や水に触れるから細菌が繁殖しやすいんです。本来は何週間もかけて塗っては布で拭くんですが、時間がないのでこの程度にしておきましょう」

キム・ソンゴンは布で油を塗り広げてこすり、艶《つや》の出たカッティングボードを差し出した。チョ・セジュンはちょっともの足りない気がした。せっかく来たのに、あまり話ができなかったからだ。カッティングボードを見る振りをして話題を変えた。

「本がお好きなんですか？」

キム・ソンゴンは一瞬疑うような目つきをしたものの、本立てに並んだ本に目をやってにやりとした。

「まあ、そうですね」

「私も本が好きな方ですけど、木工所に本がたくさんあるなんて、不思議な気がします」

「頭が痛い時やお客さんがいない時に、時々読むんです。最近は本が好きという人は少ないですね」

キム・ソンゴンが初めて優しい声を出すのを聞いたチョ・セジュンは、もう少し掘り下げることにした。

「昔からお好きだったんですか」

「子供の頃からです。両親が共働きだったので一人の時間が多かったんですよ。お客さんも本がお好きなんですね」

「そんなところです。実は、本に関するユーチューブをやっています」

「おや、そうですか。ここにはどうして来られたんですか」

興味を引かれたように見つめる眼光が、ふと変化したように思ったチョ・セジュンは、来る途中に防犯カメラや、ドライブレコーダーを搭載した車があったのを思い浮かべて勇気を出した。電車に乗り降りする時には交通系ＩＣカードを使ったから、乗降駅や時間の記録が残っているはずだ。

「ちょっと通りすがりに」

「ここはそんなふうに立ち寄れる場所ではありませんがね」

片方の脚に重心をかけて立っているキム・ソンゴンの目が、一瞬にして冷たくなった。チョ・セジュンはドアの位置を確認しながら答えた。

「実は木工に関する本を書こうと思っていて、あれこれ調べているんです」

キム・ソンゴンが相変わらず疑うような目つきなので、チョ・セジュンは話題を変えるために、さっき見たチェス盤を指さした。

「あれも作ったんですか」

チョ・セジュンはチェス盤に近づいた。そして気づいた。かなり妙な形だ。

「人間だな」

チェスには詳しくないけれどクイーンやキング、ビショップは知っている。しかしチェス盤の上に置かれた駒は、どれもリアルな人間の形をしていた。それも、苦しみもがくような姿だ。

「ムンクの『叫び』みたいだ」

チョ・セジュンはテレビで見た絵を思い浮かべて戦慄した。

「触らないで下さい」

そう言われて振り向いた瞬間、手がチェス盤の上の駒に触れて落としてしまった。駒は音を立てて床に転がった。

「ああ、申し訳ありません」

慌てて駒を拾おうとして、首を傾げた。駒の底に小さく日付のようなものが刻まれている。チョ・セジュンがつぶやいた。

「何だ、これ」

無心に見ていると、背後で足音がした。振り向いたチョ・セジュンの目に、両手を後ろに隠して近づいてくるキム・ソンゴンが映った。殺気を帯びた冷たい眼光が、まるで獲物を狙う猛獣のようだ。

「申し訳ありません。元どおりにしますから」

「お前、何者だ」

「え？」

「やることなすこと、いちいち怪しいな」

「ただ、通りすがりの……」

「ここには外を見るための防犯カメラがあるんだ。お前が中を覗きながらせっせと撮影するのを見てたんだぞ」

「何でもありませんよ」

「怪しい奴らは、たいていそう言う」

キム・ソンゴンは隠していた両手を前に出した。手には大きな金槌があった。驚いたチョ・セジュンは、後ずさりしてドアに走った。しかしガラスのドアは押しても引いても開かない。ドアを揺らしているチョ・セジュンに、キム・ソンゴンが歩み寄った。

「時々、金を払わずに逃げる奴がいるんでな。俺が開けないと開かないようになってる」

エプロンのポケットからリモコンのような物を出してにっと笑った。ガラスのドアを背にしたチョ・セジュンは、慌ててスマホを出した。

「う、動くな。警察に通報するぞ」

「この建物を買って、真っ先に何をしたと思う？　通信機能抑止装置をつけたんだぞ」

「何だと」

「アメリカのサイトで何個か買って付けた。ここからは電話できない」

近寄ってくるのを避けてチョ・セジュンは二階に逃げた。スチール製の階段を上がると、キム・ソンゴンの笑い声が追ってきた。悪いことに二階の窓が覆われているらしく、真っ暗だ。

「ちぇっ、何も見えないじゃないか」

必死で逃げていたチョ・セジュンは椅子のようなものに引っかかって転んだ。闇の中に乾いた悲鳴が響く。倒れたますますねを抱《かか》えていたチョ・セジュンは、階段を上がる足音を聞いた。しばらくするとキム・ソンゴンの姿がぼんやりと現れた。チョ・セジュンは手当たり次第に物を投げつけた。

「来るな。僕に近づくな！」

しかしキム・ソンゴンは飛んでくるものを余裕たっぷりによけながらやって来る。

「ちくしょう！」

チョ・セジュンは闇の中で転がった。目が暗さに慣れてくると、四方に設置されたパーティションや椅子、段ボール箱が見えた。箱の後ろに隠れたチョ・セジュンは、周辺を見回して抜け道を探し、武器になりそうなものがないかとカバンの中を探った。以前、東大門《トンデムン》市場で買った偽物ビクトリノックスのアーミーナイフが出てきた。刃を出してみると小指ほどの長さもなかったが、ともかく武器には違いない。ちょっと安心すると、これからどうすべきかを考える余裕ができた。

(奥におびき寄せてから一階に下りよう)

もちろん一階のガラスドアは閉まっているが、木工所の道具を使えば何とか割れそうな気がする。その間にも足音は近づいてきた。チョ・セジュンは段ボール箱の後ろに身を潜めて息を殺した。幸い足音は彼のいる所を通り過ぎて奥に向かった。ほっと息をついたチョ・セジュンは、用心しながら階段に向かった。

(階段さえ下りれば……)

チョ・セジュンの足は階段の前で止まってしまった。いつの間にか階段に鉄条網が巻き付けられている。呆然《ぼうぜん》としていると、キム・ソンゴンの声が響いた。

「逃げられなくするにはそれが最高なんだ」

窮地に陥《おちい》ったチョ・セジュンは、脚を広げて立っているキム・ソンゴンに叫んだ。

「僕がここに来るのを見た人はたくさんいる。妙なことは考えるな」

「他人は、お前なんかに興味はない」

キム・ソンゴンはエプロンのポケットから軍手を出してはめ、金槌をしっかりつかんで首を左右に傾けた。焦ったチョ・セジュンは鉄条網がからまっている階段を見た。服どころか肉まで裂けそうだ。あと数歩の所まで近づいたキム・ソンゴンが聞いた。

「お前、何者だ」

「け、警察だ」

「馬鹿め、警察なら令状を持ってくるだろ。木工を習いたいなんて言うもんか」

「わ、わかったよ。言うよ。ユ教授に言われて来たんだ」

「誰だと？　ああ、あいつか。何のために」

「あ、あんたが疑わしいと言って」

「警察でもないくせして」

鼻で笑ったキム・ソンゴンが、まごついているチョ・セジュンに尋ねた。

「お前は何のために首を突っ込んでる？」

切羽詰《せっぱつ》まってきょろきょろしていたチョ・セジュンは、壁にもたれた。そして背中が接しているのは壁ではなく、板で塞いだ窓であることに気づいた。うまくすれば抜け出せるかもしれない。チョ・セジュンはキム・ソンゴンの顔を見て言った。

「ただ、ユーチューブのコンテンツとして面白そうだったからです」

「脳みそが爆発しそうだ。それでなくとも何日か前にコソ泥が入っていらいらさせられたばかりなのに」

舌打ちをしながら近づいたキム・ソンゴンが立ち止まった。手には相変わらず金槌を持っている。一撃されたらお陀仏《だぶつ》だ。

「ちぇっ、せっかく落ち着いたと思ったのに、お前のせいでまたここを離れなきゃならない。特別に苦しめてやるよ」

「あ、謝ります」

チョ・セジュンは気をしっかり持とうと努《つと》めながら体の後ろに隠した手でナイフを握りしめた。不思議なほど冷静になれた。こうなった以上は正面突破しかない。チョ・セジュンは怯えた顔で許しを乞い続けた。しかしキム・ソンゴンは黙って近づき、片手でチョ・セジュンの頭を押さえて金槌を振り上げた。その瞬間、チョ・セジュンがナイフで相手の太腿《ふともも》を刺した。服と肉の裂ける音がして、キム・ソンゴンがたじろいだ。

「この野郎！」

キム・ソンゴンが金槌を振り下ろした。頭を下げて間一髪でよけたチョ・セジュンは、相手の胴体をつかんで向き直り、窓を覆った板に押し付けた。キム・ソンゴンの方が体格では勝っていたが、不意をつかれたのでろくに対応できない。

「こいつ、何をする！」

チョ・セジュンは金槌で背中を打ち付けられたけれど、ここで引き下がるわけにはいかないから歯を食いしばって痛みに耐え、ありったけの力でキム・ソンゴンを押した。

「うわっ」

窓を塞いだ板は、二人がぶつかった勢いで割れてしまった。二人は外に弾《はじ》き飛《と》ばされ、木工所に隣接した洋風家屋の屋根の上に落ちた。意識を取り戻したチョ・セジュンが目を開けると、大の字に伸びたキム・ソンゴンがゲエゲエ言いながら血を吐いていた。チョ・セジュンのナイフが首を貫《つらぬ》いたのだ。横たわって荒い息をついていたチョ・セジュンは、ポケットからスマホを出して緊急通報ボタンを押した。

「助けて下さい。救急車をお願いします」


一週間後、警察の事情聴取を終えたチョ・セジュンがゆっくり話したいというので、店を閉めた後、夜遅く会うことにした。静かに本を読んでいたユ教授はベルの音を聞き、車椅子についているリモコンボタンを押してドアを開けた。頬に絆創膏《ばんそうこう》を貼ったチョ・セジュンが入ってくると、ユ教授は両手を広げて歓迎の意を示した。

「大変でしたね」

「まだ頭がくらくらします。一体全体、何がどうなってるんだか」

「ハンターを捕まえたじゃありませんか」

「まあ、そういうことですね。出動した警察があいつの家を捜索して、大騒ぎになりました」

話していても痛むらしく、顔をしかめて頬を触っていたチョ・セジュンが、首を傾げて書店の中を見回した。

「ここは無事でしたか」

「私のところにも警察が来たけれど、どうということはありませんでした」

「ドアの窓を割ったのもキム・ソンゴンだったんでしょうか」

チョ・セジュンの問いに、ユ教授は首を横に振った。

「警察が調査しているそうです。ともかく、木工所に隣接した家から殺人に関する証拠がたくさん出たと聞いています」

「ええ、死体をノコギリや斧《おの》でバラバラにして処理したらしく、微細な証拠物がいっぱいあったと言っていました。それに古書も相当数出てきて、警察がまごついたそうですが」

「古書を収集する殺人鬼というのは初めてだったでしょうね」

「あいつは被害者の名前と殺した日付をチェスの駒の底に書いていました。だから僕が触った時、激怒して正体を現したんです」

その時のことを思い浮かべたチョ・セジュンは、今も鳥肌が立つのか、全身を震わせた。

「とにかく、無事で何よりです。あんな殺人鬼の手を逃れたんですから」

「本当に運が良かったんです。おそらく犠牲者のほとんどは抵抗しなかったので、あいつも油断したんでしょう」

「警察に聞きました。むしろ感謝していましたよ」

「何のことです」

「わが国の死刑制度は廃止されたも同然だから、逮捕したところで死刑にはできませんからね」【二〇二三年六月現在も韓国の死刑制度は存続しているが、一九九七年十二月以来、死刑は一度も執行されていない】

「そんなつもりはなかったんです。僕も驚きました」

チョ・セジュンの話を聞いたユ教授は、明るい笑顔で車椅子の向きを変えてカウンターに向かった。

「約束の調査費に、私の気持ちを足して送金しました」

「来る時に確認しました」

ユ教授が慎重な態度で言った。

「しっかり治療して下さい。もし必要なら、知り合いの神経精神科のお医者さんを紹介します」

「わかりました。必要になったらSOSを出します」

チョ・セジュンの返事に、ユ教授がにっこりした。

「それはそうと、私たちは相性がいいようですな」

「僕もそう思います」

うなずくチョ・セジュンに、ユ教授が言った。

「これからもこんなふうに共同作業ができると信じています」

「心身ともに回復したら、いくらでもやりますよ」

「本を書くとかユーチューブを撮るとかするなら、積極的に協力しましょう。映画制作会社も興味を持つかもしれませんね」

「既にいくつか連絡が来てはいますが、もう少し落ち着いてから会うことにしました」

「しばらくは騒がれるでしょうな」

ユ教授の言葉を最後に、沈黙が流れた。しばらくして、チョ・セジュンが首を傾げながら用心深く尋ねた。

「今、どんなお気持ちか、お聞きしてもよろしいでしょうか」

ユ教授は長い溜息をつき、天井を見上げて答えた。

「十五年間願い続けたことが実現したのに、あっけなく終わったせいか、実感が湧《わ》きません」

「僕が先生の立場なら、やはりそう思うでしょうね」

「自分の手で始末できなかったのが、ちょっと残念です」

チョ・セジュンは肩をすくめた。

「とにかくこの件は終わりました。これから書店はどうなさるおつもりですか」

ユ教授は人差し指を揺らしながら少し考えた。

「続けますよ。オープンしてからどれほども経っていないのだから」

「それはよかった。閉店したらどうしようかと心配しましたよ」

「これからは予約制ではなく、気楽に立ち寄れるようにするつもりです」

「ハンターが死んだからですか」

チョ・セジュンの言葉に、黙ってうなずいたユ教授は、本が並んでいる書架を見た。

「考えようによっては、ハンターと私は本という鎖で繋がれていたのかもしれません。それが切れて気軽になったような、虚しいような……」

言葉を詰まらせたユ教授を見て、チョ・セジュンが首を傾げた。

「そのお気持ちはわかります。僕もあんなふうにハンターに出くわすとは思ってもみませんでした。それに、結果的には僕が殺してしまいましたから」

「あれは事故だったのです。チョさんに後遺症が出なければいいんですが」

「僕もそう願っています」

「悪夢を見たりしますか」

「見るだろうと思っていましたが、まだ夢にハンターが出てきたことはありません」

腕組みをしたチョ・セジュンは首を傾げてユ教授の顔を見た。

「話は変わりますが……」

「何でしょう」

「キム・ソンゴンは僕の目の前で死ぬ直前に、本のことを話していました」

「『失われた真珠』のことですか」

「ええ。その本を一度見せていただけませんか」

カウンターにいるユ教授がにやっとした。

「もちろんです。そこにあります」

彼がカウンターにあるボタンを押すと、書架の間に隠れていた金庫の扉がギイッという音を立てて開いた。そんな所に金庫があるとは思いもしなかったので、チョ・セジュンが驚いた。

「そこに隠してあったんですね」

「保管していたのです」

ユ教授の答えを聞いたチョ・セジュンが首を傾げて金庫の方に歩いてゆき、中を覗くために腰をかがめた。ところがそこにあったのは、本ではなく灰だった。それを見たチョ・セジュンは、思わずその場に膝をついた。

「ま、まさか」

「あれほどまでに取り戻したがっていた『失われた真珠』だ。昨日焼いてやった」

「狂ったか。これがどんな本だと思ってるんだ」

「知ってるさ。お前が命よりも大切にしていた本だろ。ハンターさんよ」

怒り狂ったチョ・セジュンが、カウンターから自分を見ているユ教授をにらんだ。

「焼いてしまうなんて。どうしてそんなことができる！」

「私にとってその本はお前をおびき寄せるための餌に過ぎなかったんだよ」

「気づいていないと思ったのに」

チョ・セジュンが驚きの表情で答えると、ユ教授が鼻で笑った。

「頭がいいのは認める。ユーチューバーを装って現れるとは夢にも思わなかったし見た目もずいぶん変わっていてわからなかった。だけど、癖《くせ》はそのままだったな」

ユ教授が首を傾げて見せると、チョ・セジュンはようやく自分の失態に気づいた。

「そんな癖を覚えているとは」

「手掛かりはたくさんあったけれど、これが決定打だった。本を奪いに来るだろうとは思っていたが、手伝いを引き受けるとは思わなかった」

チョ・セジュンはカウンターにいるユ教授の方に向き直って首を傾けた。それを見たユ教授が言った。

「うまいやり口だった。だが今では私もハンターなんだ」

ユ教授の言葉に、チョ・セジュンは腕組みしたまま冷笑した。

「テレビを見ていて、罠だということはすぐわかったよ」

「ああ。罠であることにお前が気づかないはずはないと思った。だからどんな姿で現れるか、とても楽しみにしていた。まさかユーチューバーで作家だとは……」

「それが俺の表向きの職業だ」

「疑いを避けるには悪くない方法だったということは認めよう」

チョ・セジュンは指で自分の頭をつつきながら答えた。

「研究したんだ。捕まらないためには頭を使わないといけないからな」

「大したものだ」

「準備していたのはお前だけじゃない。どんな姿でお前の前に現れればいいのかを考えて、一番それっぽくないものを装った」

「あの事件に興味がある振りをして私を信用させ、その後に親しくなろうとしたのは、実に優れたアイデアだったよ」

「悪くなかっただろ」

「ああ。キム・ソンゴンに自分の罪を全部着せたのもお見事だった」

ユ教授の言葉に、チョ・セジュンが肩をすくめた。

「どうせあいつも人殺しだ。俺と同じような真似をするのが目障《めざわ》りだったから、この機会に片付けてやった」

チョ・セジュンが浮かない顔で言うと、ユ教授が興味を示した。

「証拠物は予め持っていったんだろ？」

「もちろんだ。ハンターに見せかけるために工夫したさ」

「几帳面《きちょうめん》だな」

「そうでないと狩りはうまくいかない。間抜けな奴らは包丁を突きつけて金槌で殴ればいいと思っている。だからキム・ソンゴンは俺に殺されたんだ」

「事故死じゃなくて、殺したんだな」

「もちろんだ。あいつに余計な口をきかれたら面倒だからね。落ちる時、あいつの首にナイフを当てた。後は重力が勝手に解決してくれた」

チョ・セジュンはユ教授の表情を見ながらそう答えた。

「俺とお前は似ているらしいな」

「とんでもない。私とお前は違う」

人差し指を揺らしていたチョ・セジュンが、舌打ちをした。

「いや。似ている。だから十五年間も互いに忘れられなかったんじゃないか」

ユ教授はちょっと考えてうなずいた。

「十五年間忘れられなかったことは認める。しかし似ていると言われるのは嬉しくないね。私は必要なものを得るために人を殺したりはしない」

「それは勇気がなかっただけだ。違うか？」

ユ教授が黙っていると、彼は一歩前に出て付け加えた。

「俺を警察に引き渡すつもりはないんだろ」

「そうだ。刑務所でのんびり暮らさせる気はない」

「それは好都合だ。俺も刑務所に入りたくはないからな」

チョ・セジュンはにやりと笑い、ズボンの尻ポケットに入れてあったナイフを出した。

「俺はハンマーが好きなんだが、持ってこられなかったんでな」

彼が近づくと、ユ教授はリモコンを片手に持ったまま言った。

「十五年の間、お前に会ったらどうやって対決しようかと考えていた」

ボタンを押すと、間仕切りのように立っていた書架数台が動いて前に立ちはだかった。

「何をする！」

「これが私のやり方だ」

ユ教授は微かな笑みを浮かべてカウンター下の赤いボタンを押した。すると昇降装置が作動して床の一部が沈み、車椅子に乗った教授の姿がゆっくり下に消えていった。チョ・セジュンは書架を横に押しのけてカウンターに近づいた。

「こんちくしょう」

ユ教授のいる空間をカウンターから見下ろしてチョ・セジュンが叫んだ。

「ふざけてるのか」

すると下から声が響いてきた。

「とんでもない。お前のために遊園地を造ってやったのに。これが十五年間かけて準備してきた方法だ」

「こんなことで俺に勝てるとでも思ったか。車椅子で俺から逃げられると思ったら大間違いだ」

チョ・セジュンは後ろのポケットから煙草の箱のような形をした通信機能抑止装置を出し、振って見せた。

「電話は地下でも使えないぞ」

「警察に通報するつもりはないと言ったじゃないか。その代わり、逃げたら警察を呼ぶ」

ナイフを口にくわえたチョ・セジュンは階下の様子を見て、とうとう飛び降りた。鈍い音を立てて着地したチョ・セジュンは、ナイフを手に持って辺りを見回した。夜の地下室だから、ところどころに照明があるのを除けばひどく暗い。それにレンガを積み上げて、くねくねした迷路が造られている。チョ・セジュンはナイフを持つ手に力を入れてつぶやいた。

「痺《しび》れるぜ」

8　遊園地

狩りをする時にまず必要なのは冷静さだ。獲物はたいてい必死に逃げようとするので、ちょっとしたミスでも逃してしまう。逃げた獲物が人間なら警察に通報されるから、いっそう慎重でなければならない。今、重要なのは何よりも状況を把握することだ。

（地下に迷路を造ったのか）

ナイフを持っていない方の手で床や壁を叩いてみた。床はコンクリートに覆われている。赤いレンガは天井近くまで積み上げられていて、乗り越えたり倒したりすることは不可能だ。彼は落ち着けと心の中でつぶやいたものの、やはり興奮を抑えられずに叫んだ。

「こんなもので俺から逃げられると思ったか！」

だが返事はない。書店を造ったのは自分をおびき寄せるためだろうと思いはしたけれど、こんな地下空間があるとは夢にも思わなかった。だが落ち着いて対処すればいいと自らに言い聞かせた。

（ちぇっ、本を見せてくれと言うのは、もうちょっと後にすればよかった）

当初はオ・ヒョンシクについて調査しながらユ教授と親しくなり、その後に本を見せてくれと頼むつもりだった。だが書店のどこかにあの本があると思うと、我慢できなくなった。そんなことを考えているうち、もう一つの落とし穴が準備されていたことに気づいた。

（いつかは本を見せてくれと言い出すと予想していたんだな。それで本を焼いたんだ）

思った以上に用意周到だと思いながら歩きだした。角を曲がった瞬間、前に出した左足に激しい疼痛《とうつう》が走った。

「あっ！」

足を離すと、床にびっしり釘《くぎ》が出ているのが見えた。

「あの野郎」

おそらく床のコンクリートが固まる前に埋めておいたのだろう。履いていた運動靴の甲まで釘が突き出して血だらけになった。壁にもたれて予想外の痛みをこらえていたハンターの耳に、ユ教授の声がスピーカーのようなものから響いた。

「驚いたか。降参したかったら言ってくれ。そしたら警察に突き出してやるよ。少なくとも命だけは助かるだろう」

「この野郎。お前の首を斬《き》り落としてやる」

歯を食いしばり過ぎたのか、頭が痛くなってきた。急いでズボンの後ろポケットからハンカチを出して、血が噴き出す左足をきつく縛った。

「俺を苦しめるつもりだったんだな。こんな卑怯《ひきょう》なやり方で」

「よくそんな口がきけるな。ハンターと言えば聞こえはいいが、自分より弱い者ばかり狙ってるじゃないか。自分をライオンか虎《とら》みたいに思っているのだろうが、お前は死体を漁るハイエナなんだよ」

ハンターは歯ぎしりした。あの口を塞ぐためにもこの迷路のような空間から脱出しなければならない。ハンターは床をじっくり見ながら声のする方向に進んだ。少し歩くとまた床から釘が出ているのが見えた。ハンターはにやりと笑い、それをよけて歩いた。その時、何か音がした。悪い予感がした瞬間、暗闇を横切って何かが飛んできた。頭を下げてよけようとしたものの間に合わず、頬骨に強い衝撃を受けてその場に尻餅をついた。

「うわっ」

襲いかかる痛みに耐えていたハンターは、太腿に細い金属線が引っかかっており、壁のちょうど顔ぐらいの高さから木のハンマーが突き出ているのに気づいた。壁の後ろに隠れていたのが、バネで飛び出るようになっていたらしい。

「くそっ、線に引っかかってハンマーが出てきたんだな」

手で頬を触ると、腫《は》れあがってくるのがわかった。

「さっきは釘で今度はハンマーか」

そう言いながらも、上手《うま》い仕掛けだと思った。釘を植えておいて床に注意を向けさせ、油断した隙に頭を攻撃する装置だ。同時に疑問も生じた。

（金槌をつけておけば、殺すこともできただろうに）

疑問はすぐに怒りに変わった。愚弄《ぐろう》されているのだ。ハンターは力を振り絞って身体を起こした。傷ついた足を引きずりながら壁にぴったりくっついて慎重に迷路を歩いていると、突然リズミカルなジャズ音楽が流れてきた。立ち止まったハンターが鼻で笑った。

「そうか、俺を狩りの獲物にするってことだな。思っていたより腹のすわった奴だ」

ナイフをしっかり握り、辺りを見ながら動いた。頬が腫れあがって片目がよく見えなかったけれど、ここで立ち止まるわけにはいかない。しかし暗くて方向がわからない。

（ちぇっ、前に進んではいるみたいだが……）

予想外のことが重なって、生まれて初めて恐怖を感じた。

（慌てて飛び下りるんじゃなかった）

ジャズが耳をつんざくような大音量で流れる中、ハンターはいよいよ焦燥にかられた。一刻も早くあいつを捕まえて黙らせなければ。

（それ以外のことは、後で考えよう）

目を大きく見開き、一歩ずつ用心して歩いた。すると床にびっしり植えられた釘と細い金属線が見え始めた。釘のある所を避け、ナイフで金属線を切りながら前に進んだ。一度歩いた所に印をするために壁に傷をつけることも忘れなかった。ハンターは元気を取り戻して叫んだ。

「こんなもので俺がおとなしくなるとでも思ったか」

すぐに返事が聞こえた。

「もちろん、思っていないさ。それに、これが全部ではない」

ユ教授の声が終わるとすぐ、床ががたりと沈んだ。

「え？」

床は膝までの深さに沈み、金属のぶつかる音がして、仕掛けられていた動物用の罠が足首に食い込んだ。

「うわっ」

釘が足を貫通した時とは比べものにならないほどの苦痛が押し寄せた。彼が悲鳴を上げると、スピーカーからユ教授の声が響いた。

「痛いか？　助けてくれと哀願すれば助かるかもしれんぞ」

「この野郎」

深呼吸をして苦痛を押し殺したハンターは、持っていたナイフで足首にからまった罠をゆっくり押した。牙のように食い込んでいた罠が徐々に緩《ゆる》むと、苦痛が二倍、三倍になって襲ってきた。弱い姿を見せたくないので歯が折れるほど食いしばって悲鳴を押し殺しながらやっとのことで罠をはずし、壁にもたれたままくずおれた。足首の傷から、止血しようもないほど大量の血が流れていた。

「ちくしょう」

そのまま座っていても仕方ないので、壁に手をついて立ち上がった。

（何とかして動かなければ。そしてあいつを始末して、この状況を終わらせるんだ）

いくら迷路を造りいろいろな仕掛けをしたといっても、所詮《しょせん》は地下室だから大して広くはない。ハンターは壁を背にして一歩ずつ進み、足元はもちろん、隅や上の方までじっくり観察した。そして曲がり角に何かが突き出ているのを発見した。

（壁に沿って移動することを予想して何か仕掛けたな）

身体をできるだけ低くし、ナイフの先で突起物をちょっと押した。すると前方の壁からバチバチという音と共に火花が散った。

「な、何だ？」

かがんだまま突起物に近づいてみた。気づかずに近寄れば電気ショックを受けただろう。さっきのスパークからすれば心臓が麻痺《まひ》したかもしれない。溜息をついたハンターに、ユ教授の声が聞こえた。

「ハンターだったのが、自分が獲物になった気分はどうかね」

「悪くはないな」

「いろいろ準備してあるから期待してくれ」

耳をつんざく音楽の合間に聞こえるユ教授の笑い声に神経を逆撫でされたハンターが叫んだ。

「会ったらまずその口を引き裂いてやる」

無理に起き上がると、めまいがして身体がぐらついた。それが大量出血の症状だと知っているハンターは、時間があまり残されていないことに気づいた。穴の開いた足の甲はハンカチで縛ってあるからまだ出血は少ないが、罠に挟まれた足首はズボンの裾《すそ》が真っ赤になるほど血が流れ出ていた。そのせいか動悸《どうき》が激しい。獲物を見つけたり、ずっと欲しかった古書を手に入れたりした時に感じた動悸を思い出して、にたりと笑った。

（ああ、これも悪くはない）

ハンターは身をかがめて一方向だけに進むことにした。途中にまた細い金属線があったので足を止めた。まず床を押して罠があるかどうか確認して腹這いで近づき、ナイフで線を切った。するとザーッという音がして上から炎が出てきた。

（危うく顔を焼かれるところだった）

こんなふうにすれば大丈夫だと思って微かに笑ったハンターは注意しながら前に進み、部屋の隅と思われる場所に着いた。弱い照明を頼りに手で壁を探ってみたが、出口のようなものはない。ハンターはとにかく壁に沿って動くことにした。いくつかの罠があったけれど、さっきよりは簡単によけることができた。足の痛みも和らいで、次第に希望を取り戻した。

（子供のお遊びみたいなものなのに、怖がり過ぎていたようだ）

そう思った瞬間、足元でカタリと音がした。スイッチのようなものを踏んだことに気づいてかがみこんだ瞬間、闇に隠れていた天井から何かが襲いかかってきた。

「うわあっ」

驚いたハンターは両手で頭を覆った。落ちてきたのは有刺鉄線でできた網であることを、もがきながら知った。

「何なんだ、これは！」

もがけばもがくほど腕や頭に傷ができた。四隅に重りがついているので簡単には持ち上がらない。

「くそっ」

ハンターは何とか落ち着きを取り戻し、動くのをやめた。そしてゆっくり腕を持ち上げて有刺鉄線の網をはずした。その際、背中や肩に無数の傷ができた。壁にもたれたまま痛みをこらえていると全身の傷から血が雨のように滴《したた》り落《お》ちた。油断していた隙を突かれたから苦痛と精神的ショックは計り知れない。憤ったハンターは、血の流れる額を手の甲で拭《ぬぐ》ってつぶやいた。

「あいつをどんなふうに殺してやろうか」

ユ教授に苦痛を与えることを想像して痛みを紛らわせようと努めた。しかし血が目に入ってろくに前が見えないので、動いたはずみに、さっきより大きな木のハンマーが飛び出してきたのをよけることができなかった。

「うっ」

下腹が裂けるような痛みに耐えられずによろめき、ふと壁に手をつくと刃物が突き出てくるのがわかった。慌てて手を離したけれど手のひらが裂けてしまった。斜めについた傷から血が流れるのを見てハンターは歯を食いしばった。

「準備万端だな」

予想外の迷路と罠で傷だらけになったハンターは、全身の痛みをこらえながら一歩ずつ前に歩いた。もうユ教授を殺す方法や、逃亡して潜伏する手段など考えなかった。ただ、何が何でもここを出てユ教授を殺さなければという思いで頭がいっぱいだった。腰をかがめたまま片手を壁について一歩ずつ歩いていたハンターの目に、車椅子に座ったユ教授の姿が映った。ひどく非現実的な姿に思えて、ハンターが首を傾げた。

「やっと会えたな」

「うちの遊園地はお気に召したかね」

「ずいぶん几帳面に準備をしたな」

ゆっくりと立ち上がったハンターが周りを見た。ユ教授がいる所までまっすぐ通路が延びている。罠があるだろうと思ってよく見てみたけれど、特に見当たらない。ユ教授が満足げな顔で答えた。

「費用と時間はだいぶかかった。最初はお前をどうやって捜そうか考え、次にはお前に会ったらどう片付けようかと考えたよ。ただ殺すだけではいやだった。私の味わった苦痛の百分の一でも味わわせたかったからな」

「こんなことで俺を屈服させられると思ってるのか」

「おやおや。今のお前の姿は、まるで追い詰められた獣だぞ。苦痛を味わう気分はどうかね」

「まだ耐えられる。これぐらい、俺には何でもない」

「それは良かった」

「何が」

「降参すると言わないからだ。そしたら苦痛も終わってしまうからね」

ハンターはユ教授と言葉を交わしながら通路を観察していた。異常な点は見つからない。ユ教授の背後にドアがあるようだ。そのドアから出てゆくつもりなのだろう。ハンターは話しながら機会を窺うことにした。

「俺はずっと苦痛の中で暮らしてきた。これぐらいは平気だ」

「さんざん他人に苦痛を与えたくせに」

「俺が享受《きょうじゅ》すべきものや所有すべきものを奪ったからだ」

怨みがましい声を聞いたユ教授が舌打ちをした。

「実に自分勝手な言いぐさだな」

「何だと」

「人間は誰しも、他人から数えきれないほどの害を受ける。しかし、だからといってお前みたいに人を殺したりはしない。なぜなら……」

ハンターが一歩前に出た。

「なぜだ」

「他人の苦しみを理解しているからだ。お前と違ってな」

ユ教授は話に熱中するあまり、ハンターが次第に接近していることに気づいていないように見えた。ハンターは心の中で笑った。

「弱いからだ。自分のものを奪われても何も言えないのは馬鹿なことだ。どうして奪われたまま生きるんだよ」

「人生は奪ったり奪われたりするものではない」

答えながら涙が込み上げたユ教授を見て、ハンターはナイフを逆さに持って手の後ろに隠し、壁を頼りに少しずつ前に近づきながら言った。

「女房と娘がどんなふうに死んでいったか知りたくないか？」

ユ教授がぎくっとすると、ハンターが血のついた歯を見せて笑った。

「亭主を怨んでた。このまま行こうと言ったのに、と言ってな。娘は母親が死ぬというのに助けることも逃げることもできず、後部座席で豚みたいに泣いてた」

ユ教授が歯を食いしばってこらえているのが見えた。思いどおりに運んでいると思ったハンターは、思わず笑った。

「お前の女房が、死ぬ時にお前の悪口をどんなにたくさん言っていたか知ってるか」

「妻はそんな人間ではない」

「おやおや、哀れな奴だな」

もう十分に距離を縮めた。ハンターは、ナイフを投げつけてからねじ伏せればいいと判断し、手ぶりをすると見せかけてナイフを投げ、残った力を振り絞って走った。しかしナイフは見えない壁のようなものに当たって跳ね返った。当惑していた彼自身も、やはり何かにぶつかって転んでしまった。

「うっ」

鼻血を流しながら手を伸ばすとガラスの壁に触れた。それを見たユ教授が舌打ちをした。

「痛いだろう。水族館で使われるアクリルガラスだから透明で丈夫だ」

やはり対策をしていたのだ。ハンターが空虚な笑顔を見せてガラスに手をつくと、赤い手形が残った。ユ教授の言うように、殴ったりナイフで突いたりするぐらいではびくともしそうにないほど分厚いガラスだ。その時、すぐ後ろに別のガラスの壁が下りてきた。両横は壁だから、完全に閉じ込められてしまった。姿を現したユ教授が、自分が近づいても動こうとしなかった理由にようやく気づいた。

「自分をおとりにしておびき寄せたな」

「そうでもしなきゃ、捕まえられないからね」

「夢見ていた瞬間だろう」

ユ教授が肩をすくめて天井を見上げた。

「いや、それはまだだ」

その視線をたどってハンターも上を見た。

「何だ？」

ホテルにあるような、大きなオーバーヘッドシャワーがあった。そこから水が一滴落ちて肩に当たった。ジッという音と共に肉の焼ける臭いがした。思いがけない痛みに驚いたハンターがシャワーを見上げた。

「水じゃないな」

「塩酸だ。肉も骨も溶ける」

「何だと」

「ああ、濃度は高くないよ。濃すぎるとガラスや床まで溶けるからね。お前の肉や骨だけ溶けるはずだ」

驚いたハンターは落ちてくる塩酸を避けようとしたが、できなかった。閉じ込められている空間があまりにも狭い。落ちてくる塩酸の量が少し増え、服が焼けて肉が溶けた。生まれて初めて味わう激痛に、身動きすらできない。絶望した顔でシャワーを見上げる彼の耳に、ユ教授の声が聞こえた。

「お前に殺された人たちの気持ちがわかったかな。死ぬ前によく覚えておきなさい」

「俺はこんなふうに死にたくない。警察を呼んでくれ。全部自白するから」

ハンターはガラスの壁にへばりついて哀願したが、ユ教授が無表情な顔で見ているので荒れ狂った。

「こんなふうに死にたくはないと言ってるだろ」

「死にはしないさ」

「どういうことだ」

「忘れ去られるんだよ。下に排水口があるのがわかるか?」

足元を見ると、丸い排水口がいくつか見えた。

「さっきはなかったのに」

「当然だ。ガラスの壁が下りる時に開くようになっているからね。お前はそこから流れ落ちるんだ」

「じょ、冗談じゃない」

「念のために塩酸をニトンほど準備した。濃度が高くないからちょっと時間はかかるだろうが、明日の朝には骨まで溶けてしまうだろう」

ハンターは恐怖のあまり苦痛も忘れて全身を震わせた。車椅子で近くまで来たユ教授がガラスに手を当てた。

「まだあるぞ。お前にプレゼントを準備した」

ユ教授が車椅子の下の方から取り出した物を見て、ハンターは思わずつぶやいた。

『失われた真珠』！」

「さっき金庫の中にあったのは他の本を燃やした灰だ。お前がハンターでない可能性もあったからね。だが、見たとたんに反応したな」

ユ教授が本を振ってみせた。

「これが欲しくて来たんだろ？」

ハンターは血だらけの手を伸ばした。厚いガラスに阻《はば》まれて触れることはできないけれど、近くで見られただけでも幸福だった。

「それは俺の物だ。俺の」

ハンターのつぶやきを聞いたユ教授は、突然車椅子を後ろに引いて本を床に投げた。そしてジッポーのライターを手に持った。ハンターが狂乱した。

「何をする」

「最後のプレゼントだ。地獄に持っていけ」

乾いた声で言うと、床に落ちた『失われた真珠』の上にライターを投げた。油をしみこませてあったのか、一瞬にして炎が上がった。

「やめろ。火を消せ！　消せったら」

ハンターは目の前で焼けてゆく本を見て啜《すす》り泣いた。その姿を見下ろしていたユ教授は落ち着いた声で言った。

「地獄の一番底に落ちろ。もう人間には戻るなよ」

ハンターは泣きながら仰向けに横たわった。上にシャワーが見えた。しばらくするとシャワーから大量の塩酸が流れ落ちてきた。ハンターは自分の全身が溶けて排水口に流れるまで、『失われた真珠』に収録された金素月の「金の芝生」を口ずさんだ。

芝生
芝生
金の芝生
深い山河に燃える火は
あの人のお墓に萌え出た芝生。
春が来た、春の光が来た。
柳の先の小枝にも。
春の光が来た、春の日が来た。
深い山河に　金の芝生に。

9　終わりと始まり

チリリンという音と共にドアが開くと、カップルに本を紹介していたユ教授が言った。

「ちょっと失礼しますよ。ゆっくり見てて下さい」

入ってきた二人の男は、同じような形のサングラスをはずした。ユ教授はカン・ミンギュに話しかけた。

「こちらの方は、お仕事仲間ですかな」

カン・ミンギュが目配せをすると、もう一人の男が近づいて手を出した。

「お会いできて光栄です。統一探偵事務所のオ・ジェミンと申します」

「オさんがずいぶん手伝ってくれました」

「そうですか。ありがとうございました」

「面白い仕事でしたね」

オ・ジェミンが言うと、ユ教授が黙ってうなずいた。横にいたカン・ミンギュは、本を見ながら話しているカップルにちょっと目をやってから口を開いた。

「警察の方は問題なさそうです」

「ちゃんと処理してくれましたね？」

「家に行って、行方を晦《くら》ましたような痕跡を残しておきました。警察が見れば、逃亡したと思うはずです。それはそうと、費用はどう処理するおつもりですか。口座から大金を引き出されたと思いますが」

「ボイスフィッシング詐欺に引っかかったと言うつもりです」

「それで納得しますかね」

「大学の授業とテレビ出演にばかりかまけていたので世事に疎《うと》かったと言えば反論できないでしょう。中国から電話がかかってきたことにして、金も中国に送金したようにしてあるから、絶対に気づきませんよ」

苦笑しながら話したユ教授は、床を見下ろした。ハンターを自称していた殺人鬼は地下で塩酸に溶け、排水口から海に流れたはずだ。

「死体がなければ殺人もない。ハンターは自分がやっていたのと同じように消えました」

ユ教授の言葉に、カン・ミンギュが答えた。

「自業自得ということですね」

ユ教授はうなずいて言った。

「自分がハンターなのにハンターを捜すんだから、変な奴です」

「そういうプロセスを通じて先生と親しくなろうとしたようです。疑いを晴らして信頼を得るつもりだったんでしょう」

「それでいて、あの本を取り戻そうとするんですからねえ」

「ハンターとチョ・セジュンの二重人格だったのかもしれません」

「それで、ハンターを必死に捜し歩いたんでしょうか」

カン・ミンギュはユ教授の問いに、横にいた同僚をちらりと見て答えた。

「犯罪者の心理は何とも言いきれない曖昧な部分が多いんです。この人と一緒に解決した事件でも、犯人は最も熱心に証言していた女性でした。そして私が憲兵時代に経験した銃撃事件も……」

思いが込み上げたのか、ちょっと口ごもった。

「被害者の一人であり最も重要な証言をしていた人が事件の背後にいました。ともかく、犯人を捜すと言って自ら危険に飛び込んだと聞いて確信しました。あいつが本当のハンターだと」

「絶対に正体を現さないと思っていたのに。私がハンターを誤解していたようです」

「私が思うに、おそらくすり替えを試みたんでしょう」

「自分の代わりに他の人をハンターに仕立て上げるということですか」

ユ教授の問いにカン・ミンギュがうなずいた。

「第二の人生を生きようとしたのか、あるいは先生を完璧にだまして油断させておいてから攻撃しようとしたのかもしれませんが。最初はオ・ヒョンシクをハンターにしようとしたけれど、彼が新興宗教に熱中していると知ってからはキム・ソンゴンを標的にしたのでしょう」

説明を聞いたユ教授が尋ねた。

「チョ・セジュン、いやハンターは実際に連続殺人をしていたのでしょうか」

「アジトに秘密の部屋が一つあって、鎖や、床に固定した椅子が見つかりました。死体の痕跡は発見できませんでしたが、ルミノール反応がたくさん出ました」

カン・ミンギュの答えを聞いたオ・ジェミンが口を添えた。

「夜空の星より強く光ってましたよ。何人殺したのかはわかりませんが、十五年の間に殺人を続けていたのは確かです」

「つまりチョ・セジュンは他の人に濡《ぬ》れ衣《ぎぬ》を着せようとしたんですね」

ユ教授が言うと、オ・ジェミンが言った。

「自分では完璧なシナリオだと思っていたはずです。同じく連続殺人犯であるキム・ソンゴンをハンターだと思わせるように工作して、自分は罪を免れようとしたんです」

同僚の話にカン・ミンギュがうなずいた。

「だけど、ハンターは落ち着いていましたね。人を殺すのはどんな状況であれ、簡単に乗り越えられるものではないのに」

「自分が完璧だと信じていたからでしょう。だから私の造った遊園地に、何の疑いもなく入ってきたじゃありませんか。ともかく、お二人のお手並みは実に見事でした」

ユ教授の称賛に、二人は軽く笑った。カン・ミンギュが聞いた。

「ところで、なぜ我々をお呼びになったんです」

「オ・ヒョンシクとキム・セビョクのことを処理するためです。オ・ヒョンシクは警察の調査を受けることになっていたんですが、被害者であるチョ・セジュンが消えてしまいました」

「うやむやになりそうですね」

「ハンターの調査によると、オ・ヒョンシクには問題がありそうです。子供と引き離さないといけません」

ユ教授が言うと、カン・ミンギュが答えた。

「家庭内暴力の問題があるという情報を、それとなく警察に流しましょう。最近はその方面に敏感だから、すぐに対応してくれるはずです。キム・セビョクはどういう問題ですか」

「チョ・セジュンがキム・セビョクの半地下部屋を撮影して、私をストーキングしていることを突き止めました。それはまあ、どうでもいいけれど、写真に彼が見ているモニターが写っていました」

ユ教授がスマホを出して写真を見せた。首を傾げて写真を確認したカン・ミンギュが低い声でつぶやいた。

「変態め」

「どうやらダークウェブを見ているようです。適切な措置が必要だと思います」

「ロリコンなんですかね。〈魔女たちの葬儀社〉という、こうした問題を扱うハッカー集団がいます。ハードディスクに証拠が残っていれば相当期間、刑務所に入れることができるでしょう」

「キム・セビョクのこともハンターに見せかけようとしていたみたいです。実際、一番怪しい感じがするし。でも自分とよく似たキム・ソンゴンを見て、計画を変えたのだと思います」

ユ教授が言うと、カン・ミンギュが顔をしかめた。

「世の中は広く、頭のおかしな奴はたくさんいますからね」

「両方とも静かに片付けて下さい。そして今日お呼びした本当の理由は、あのカップルのことです」

二人は、本を読んでいるカップルの方ではなくユ教授の顔を見た。

「この前も来ていましたが、男が女にデートDVをしているようです」

「さっき見たけれど、変わった様子はありませんでしたよ」

「女性の目の化粧がきついでしょう？　近くで見ると痣になっていました。それに男が何か言うたびにぎくっとして怯えたような表情をするんです」

「それで我々をお呼びになったのですか」

ユ教授は、首をちょっと伸ばして書架にある本を見ているカップルにちらりと目をやりながらうなずいた。

「そうです。介入すべきだと思って連絡しました」

「ひとまず何日か観察してみましょう。証拠をつかんでから動きます」

「調査費はすぐに送金します」

「無理なさってるんじゃありませんか。今時、本屋は商売にならないとみんな言っていますよ」

「この店は商売ではなく、記憶するための場所なんです」

ユ教授は指で頭を突つき、再びカップルに目をやりながら付け加えた。

「傷つき苦しむ人たちのことをね」

「わかりました。我々としては仕事が増えるのは好都合です」

カン・ミンギュの言葉に、オ・ジェミンが重い笑いで応えた。それを見たユ教授は
ふと、疑問に思った。

「この方もあなたと同じように憲兵出身ですか」

カン・ミンギュがオ・ジェミンの顔を見た。オ・ジェミンは肩をすくめて答えた。

「元軍人ではありません。護衛総局【朝鮮民主主義人民共和国において最高指導者の警護や首都平《ピョン》壌《ヤン》の国防を主管する組織。現在は護衛司令部と呼ばれている】の対スパイ課に所属していました」

予想外の返答にユ教授が戸惑っているのを見て、カン・ミンギュとオ・ジェミンが
けらけら笑った。笑い声を聞いたカップルが、三人の方を振り向いた。

あとがき

ある日、ふと数えてみました。自分が何冊の本を書いてきたのか。アンソロジーに収録された短篇まで含めると、百三十種以上の本を書きました。紙の本だけでなくウェブ小説も書き、ウェブトゥーンにも関わり、映画やドラマの台本制作や企画にも携わってきたし、今も携わっています。自分でもわからないほどたくさんの文章を書くけれど、私のアイデンティティーは推理小説家です。推理小説は私にとって文学の故郷です。子供の頃から推理小説を読んで育ち、偶然の機会に小説を書こうと決めた時、何の迷いもなく推理小説を書こうと思いました。実際、私の最初の小説はファクション（faction）【fact と fiction の合成語】、つまり歴史小説であり推理小説でした。

『記憶書店』は自分のアイデンティティーを求めて長い間温めてきた作品です。普通、本と殺人はあまり関係がないように見えます。しかし外国のある連続殺人犯が古書収集の趣味を持っていたという話を耳にした瞬間、この二つをつなげてみようと思い立ちました。そしてノ・ミョンウ教授が開いた〈ニウン書店〉【亜洲《アジュ》大学教授であり社会学者であるノ・ミョンウが二〇一八年八月、ソウル恩平《ウンピョン》区に開いた人文社会芸術専門書店】を見て、その物語を具体化することができました。でもニウン書店の地下には小説に出てくるような空間はありませんから、安心して訪問して下さい。

殺人の最も大きな痛み――犠牲者の家族や知人にとっての――は、準備できていなかった別れだといいます。守ってあげられなかったという自責の念とともに、記憶の重みに押しつぶされそうになるのですね。記憶書店の主人ユ・ミョンウ教授は自分だけのやり方でその記憶の重圧から逃れようとします。私たちの周辺にはさまざまな理由で傷つき苦しむ人たちがいます。『記憶書店』が彼らの痛みを分かち合えれば幸いです。

チョン・ミョンソプ

訳者解説

『記憶書店』の作者チョン・ミョンソプはコーヒーが好きで、一時期はバリスタとして坡州《パジュ》出版都市のカフェで働いていた。作家としては、彼自身の「あとがき」にもあるようにさまざまなジャンルで数多くの作品を書いているが、中でも推理小説は彼にとって故郷のようなものだ。だから作家として認められた後、故郷に錦を飾るように、ずっと書きたかった推理小説に着手したという。

『記憶書店』に登場する冷酷な連続殺人犯と、妻子を殺されて復讐を企てる元大学教授ユ・ミョンウとの間には古書愛好家という共通点がある。大学教授が書店を開くという設定は、作者が社会学者ノ・ミョンウ教授のニウン書店を訪れた際に着想を得た。その際、この書店をモデルにした書店を小説の舞台にしたい、作中で書店を損壊しても構わないか、と言って許可を得たそうだ。主人公ユ・ミョンウの名前や風貌もノ・ミョンウ教授を髣髴《ほうふつ》とさせるものになっているものの、ノ・ミョンウ教授に車椅子は必要ない。ユ・ミョンウの妻子を殺した連続殺人犯を始めとする怪しげな登場人物たちの人物像や犯罪の手口は、過去に起こった多くの事件を参考にして創造されている。物語の前半は犯人捜しを中心としたミステリーだが、犯人の正体が明かされた後はサスペンス的要素が強くなる。

チョン・ミョンソプ自身は古書マニアではないけれど、『諺簡牘《オンガンドク》』は実物を所有しているそうだ。一方、ハングル小説『紅娘子伝《ホンナンジャ》』は架空の本であり、それにまつわるエピソードも実際のものではない。

『失われた真珠』に掲載された「金の芝生」の詩人金素月《キムソウォル》（本名、金廷湜《キムジョンシク》）は一九〇二年に平安北道に生まれ、東京商科大学（現、一橋大学）に留学したものの関東大震災（一九二三）に遭遇して中退し、その後も挫折を重ねて三十二歳で夭折した。伝統的な情緒を民謡調の平易な言葉で表現した抒情詩で知られるが、最も有名なのは「ツツジの花」だ。韓国に帰化したいと望む外国人が受ける筆記試験に、「ツツジの花」の作者を問う問題が出されたことがある。韓国人なら当然知っておくべき詩人だということらしい。

『朝鮮の脈搏』の著者梁柱東《ヤンジュドン》は朝鮮の古い詩歌の研究で知られ、朝鮮が日本の植民地であった頃、朝鮮一の知識人と目されていた。解放後の一九六四年からはラジオ番組〈愉快な応接室〉にレギュラー出演し、難しい話題をわかりやすく解説して大衆的な人気を得た。そのため、文学に関心がなくとも韓国の年配の人であれば梁柱東のことはよく知っている。タレント教授という点で、主人公ユ・ミョンウの先輩格と言えそうだ。詩人としてはほとんど知られていないが、『朝鮮の脈搏』は稀覯本であるから著者のファンであれば執着して当然だろう。

『記憶書店』最終章のタイトルは「終わりと始まり」だ。大学に辞表を出し、マスコミ出演をやめ、積年の怨みを晴らしてそれまでの人生に一応の決着をつけたユ・ミョンウは、優秀な二人の探偵と共に何か新しいことを始めようとしているようにも見える。探偵のうち一人が脱北者であることも、何か新しい展開を暗示しているようだ。

ＳＦもそうだが、韓国においては近年まで推理小説作家はそれほど多くなかった。それでも東野圭吾や赤川次郎など日本の作品はずっと以前から紹介されて絶大な人気を博していたので、ミステリー愛好者はたくさんいるはずだ。現代韓国の優れたミステリーを紹介できたことを喜びつつ、ユ・ミョンウの新たな出発を楽しみに待ちたい。

二〇二三年七月

吉川　凪

略歴

著者　チョン・ミョンソプ

一九七三年ソウル生まれ。大企業勤務やバリスタを経《へ》て現在は歴史小説、推理小説、ヤングアダルト小説、童話など多様なジャンルと年代の作品を発表している。中編小説『記憶、直指』で二〇一三年第一回直指小説文学賞最優秀賞を受賞し、二〇一六年第二十一回釜山《プサン》国際映画祭においては『朝鮮弁護士王室訴訟事件』でニュークリエイター賞を受賞した。ヤングアダルト小説『消えたソンタクホテルの支配人』は二〇一九年〈原州一都市一冊読書〉対象図書に選定された。二〇二〇年『墓の中の死』で韓国《かんこく》推理小説大賞を受賞した。著書として『星世界事件簿——朝鮮総督府バラバラ殺人』『月が砕《くだ》けた夜』『オンダル将軍殺人事件』『墓の中の死』『遺品整理士——蓮《はす》の花の死の秘密』『上海《シャンハイ》臨時政府』『南山谷の二人の記者』、共著『ゾンビ説録』などがある。

訳者　吉川　凪（よしかわ・なぎ）

大阪生まれ。仁荷大学国文科大学院で韓国近代文学専攻。文学博士。著書に『朝鮮最初のモダニスト鄭芝溶《チョンジヨン》』、『京城のダダ、東京のダダ——高漢容《コハニョン》と仲間たち』、訳書としてチョン・セラン『アンダー・サンダー・テンダー』、チョン・ソヨン『となりのヨンヒさん』、李清俊《イチョンジュン》『うわさの壁』、キム・ドンシク『世界でいちばん弱い妖怪』、金源一《キムウォニル》『深い中庭のある家』、朴景利《パクキョンニ》『完全版　土地』、崔仁勲《チェイヌン》『広場』などがある。金英夏《キムヨンハ》『殺人者の記憶法』で第四回日本翻訳大賞受賞。

記《き》憶《おく》書《しょ》店《てん》 殺人者《さつじんしゃ》を待《ま》つ空間《くうかん》

2023年7月10日　第1刷発行

著　者　チョン・ミョンソプ
訳　者　吉川《よしかわ》　凪《なぎ》

発行者　鈴木章一
発行所　株式会社 講談社
〒112-8001
東京都文京区音羽2-12-21
電話　［出版］03-5395-3506
［販売］03-5395-5817
［業務］03-5395-3615

印刷所　株式会社KPSプロダクツ
製本所　株式会社国宝社

KODANSHA

ISBN978-4-06-528944-0
N.D.C.929 263p 19cm